네르가시아 장편소설

FUSION FANTASTIC STORY

퇴역 무왕 연대기

도시 무왕 연대기 5

네르가시아 장편소설

초판 1쇄 찍은 날 § 2016년 1월 11일
초판 1쇄 펴낸 날 § 2016년 1월 18일

지은이 § 네르가시아
펴낸이 § 서경석

편집책임 § 이재림

펴낸곳 § 도서출판 청어람
등록번호 § 제387-1999-000006호
등록일자 § 1999. 5. 31
어람번호 § 제1-2335호

주소 § 경기도 부천시 원미구 부일로 483번길 40 서경B/D 3F (우) 14640
전화 § 032-656-4452 팩스 § 032-656-4453
http://www.chungeoram.com
E-mail §chungeorambook@daum.net

ISBN 979-11-04-90595-7 04810
ISBN 979-11-04-90445-5 (세트)

네르가시아 장편소설

FUSION FANTASTIC STORY

퇴물무왕 연대기

목차

외전. 서역

14세기의 영국은 참혹한 죽음이 창궐한 생지옥이었다.

흑사병이 유럽 전역을 강타하였으며, 프랑스와 영국의 백년 전쟁이 한창이었기 때문이다.

천태와 천무혁이 영국에 당도했을 당시 런던은 전란에 휩싸여 있었다.

1385년, 천태는 손자 무혁을 데리고 자신의 오랜 친구 존 록필드의 거처에 당도했다.

그는 프랑스와 영국의 지루한 100년 전쟁 통에 무려 열 명이나 되는 증손자를 잃었고, 두 아들을 직접 손으로 묻었다.

희수를 넘긴 그를 전쟁에 동원하지 않았기에 망정이지 그렇지 않았다면 지금쯤 록필드 가문에는 어떤 남자도 남아 있지 않았을 터이다.

달그락달그락!

이제 막 열 살이 된 무혁은 록필드 가문에서 마련한 아침식사를 게걸스럽게 먹어치우고 있다.

"쩝쩝!"

"배가 많이 고팠던 모양이군."

"서장을 떠난 이후에 거의 3년 동안 제대로 된 식사 한 번 하지 못했네. 배를 너무 많이 곯았어."

"저런……."

무혁은 올해로 열 살이 되었지만 키가 워낙에 작아서 여전히 여덟 살에 머물고 있는 것 같았다. 그가 이렇게까지 키가 작은 것은 3년 동안 제대로 먹고 자지 못했기 때문이다.

인도에서 대식국을 지나는 동안 무혁은 하루에 한 끼를 때우기도 힘들었다.

또한 하루에도 14시간을 넘게 걸어 다니는 일이 비일비재했으며, 운이 좋다고 해도 소달구지에서 쪽잠을 자기 일쑤였다.

갖은 고생을 다 하면서 영국까지 오느라 무혁은 성장기에 필요한 영양분과 휴식을 취하지 못한 것이다.

천태는 무혁을 바라보며 안타까운 표정을 지을 뿐이다.

"내가 괜히 폐관수련에 들어가는 바람에 이 아이가 몹쓸 일을 많이 당했어."

"언젠가는 치러야 할 일 아니었는가? 너무 자책하지는 말게."

서역의 말을 모르는 무혁은 지금 두 사람이 무슨 소리를 하고 있는지 전혀 알아듣지 못했다. 하지만 3년이라는 시간 동안 배운 눈치와 코치로 대충 의도는 알아챌 수 있었다.

"음식은 많단다. 조금 더 주랴?"

존은 무혁에게 식사를 더 권했고, 그는 당장에 고개를 끄덕였다.

"…고맙습니다."

"많이 먹어라. 이 사람은 할아비의 친구이니 부담 가질 필요 없어."

"저, 정말입니까?"

"그래. 이제 당분간 고생은 하지 않을 것이다. 하지만 우리 가문이 무너진 이상 평생 배부르게 살 수는 없단다."

무혁은 당연하다는 듯이 말했다.

"집안이 망했다는 것은 소자가 더 이상 공자가 아니라는 소리입니다. 소자는 앞으로 이렇게 더 고생한다고 해도 상관없습니다. 다만 앞으로 이렇게 밥이나 실컷 먹을 수 있으면 그만이지요."

"허허, 그래, 씩씩해서 좋구나."

무혁의 가장 큰 장점이라면 매사에 긍정적이고 천성이 밝다는 것이다. 그는 이제 록필드 가문에서 객식구로 살아가면서 무럭무럭 성장해 갈 것이다.

*　　*　　*

늦은 밤, 무혁은 록필드 가문의 정원에 홀로 나와 있었다.

찌르르, 찌르르.

그는 정원에서 들리는 벌레 울음소리를 들으며 고향을 떠올렸다.

"이곳은 풀벌레 소리도 다르구나."

지금까지 워낙 바닷가만 전전한 터라 풀벌레 소리조차 듣지 못한 무혁이다.

그는 3년 동안 거리 생활을 하면서 이렇게 천하태평하게 풀벌레 소리를 한 번이라도 들어보았으면 하고 바랐다.

하지만 막상 풀벌레 소리를 듣고 나니 생각이 바뀌었다.

풀벌레 소리를 듣고 나니 자꾸만 고향 생각과 돌아가신 부모님이 떠올랐다.

"쩝, 그냥 안 듣는 편이 좋을 뻔했군."

앞으로 그는 더 이상 눈물을 흘리지 않겠노라고 스스로에게 다짐했다. 그리고 아버지의 복수를 할 때까진 절대로 울지 않겠다고 천태와도 약속했다.

아무리 고향의 향수가 감성을 자극해도 그는 꿋꿋하게 울지 않았다.

"에라이, 괜히 나왔군."

챙!

그는 천태가 대식국(지금의 아라비아)에서 얻은 철로 만든 연습용 진검을 뽑아 들었다. 구마천혈검과는 대략 3할 정도 차이가 나는 무게이지만 여타 다른 진검과는 거의 무게가 똑같았다.

무혁은 연습용 검으로 천마신공의 구결을 차례대로 펼쳐 나갔다.

쉭쉭쉭, 팟!

연습용 검이 바람을 가르면서 내는 소리는 마치 불꽃이 없는 폭죽 같았다. 그리고 부드러우면서도 섬세하고 열정적인 그의 검무는 가히 절경이라 할 만했다.

대략 30분간 검무를 펼친 무혁이 불현듯 검을 멈추었다.

"후우……."

그는 요즘 한창 연습 중인 파천신검 6장과 7장을 펼치기 전에 잠시 숨을 고르는 것이다.

6장과 7장은 워낙 그 구결이 난해하고 이해하기 힘들어서 그저 검을 휘두르는 것만으로도 머리가 아플 지경이었다.

무혁은 그것을 하루에도 몇 백 번이고 반복하지만, 할 때마다 조금씩 긴장되었다.

"할 수 있다!"

마음을 다잡은 무혁이 마치 물 흐르듯이 부드럽게 검을 뻗어 일수를 출수했다.

휘리리리릭!

검이 좌우로 흔들리며 무혁의 단전이 꿈틀거리기 시작했다.

"으윽!"

그는 자신의 아랫배가 싸르륵하고 간질간질해서 이내 검을 내려놓았다.

"…또 시작이군."

무혁은 이제 막 초화류를 벗어나 일성지에 도달하려는 중이다.

일성지는 내공심법을 익혀 강철을 일도양단할 수 있는 경지로 일성지에만 올라도 범인 열 명과 싸워 이길 수 있었다.

보통 일성지에 오르는 연령대가 빨라봐야 약관, 늦으면 이립을 넘겨 얻기도 하는 것을 감안하면 무혁은 그야말로 천재라고 할 수 있었다.

천태는 일찍이 손자가 얼마나 넓고 깊은 자질을 가지고 있는지 익히 파악하고 있었다.

하지만 자만은 인물을 망치는 법, 그는 끝까지 손자에게 칭

찬 한 마디 하지 않고 묵묵히 그를 지켜만 보고 있었다.

하단전에서 기해로 향하는 길목이 타통되는 과정을 겪는 무혁의 시행착오는 아마 일성지를 벗어나는 그날까지 계속될 것이다.

바스락!

아랫배를 부여잡고 있는 그에게 기척이 느껴졌다.

"에잇, 누구냐!"

휘리리릭!

정원의 바위를 밟고 도약해 오른 무혁은 태영보법을 밟아 기척에게로 검을 뻗었다.

척!

"사, 살려주세요."

"음? 소녀?"

그의 검이 향하는 곳에는 아름다운 금발의 소녀가 두 손을 높이 든 채 떨고 있었다.

무혁은 재빨리 검을 거두고 깊이 고개를 숙였다.

"미안하오. 내가 요즘 신경이 워낙 날카로워서……."

"……?"

두 사람은 지금 서로 말이 통하지 않아 의사소통이 전혀 되지 않는 상태였다.

그러나 무혁은 눈치껏 그녀가 안심할 수 있도록 해주었다.

그는 주머니에서 찔레 열매 몇 알을 꺼내어 그녀에게 내밀었다.

"드시오. 안에 즙이 많이 들어 있어서 목이 마를 때엔 아주 그만이라오."

"……?"

"먹으라는 뜻이오. 쩝쩝, 이렇게 말이오."

무혁이 솔선수범해서 찔레 열매를 먹는 시늉을 하자, 그녀 역시 그를 따라서 열매를 씹어 먹었다.

"쩝쩝."

"어떻소? 꽤 먹을 만하지 않소?"

그녀는 열매를 맛보자마자 환하게 미소를 지었다.

"으음, 좋아요!"

"하하, 좋지 않소?"

말은 통하지 않아도 미소만은 만국 공통인 모양이다.

* * *

늦은 밤, 천태는 존과 함께 정원을 거닐고 있었다.

두 사람은 앞으로의 일을 논의하다가 우연치 않게 두 사람의 손자, 손녀가 함께 있는 모습을 발견했다.

존은 앞으로 무혁이 얼마나 걸출한 인물이 될지 기대하는 눈치였다.

"무혁이를 어떻게 키울 것인가? 원한다면 군에 입대시켜 줄 수도 있다네."

"검은 머리의 소년이 군에 입대한다고 어디까지 올라갈 수 있겠나?"

"그렇지만 무혁이에게 장사치가 되라고 할 수는 없는 노릇 아닌가? 그렇다고 중국에서처럼 과거시험을 치러 입신양명을 할 수도 없는 일이고."

"흠……."

"자네에게 이런 말을 한다는 것은 좀 잔인하다 할 수 있겠네만, 지금 무혁이가 나아갈 수 있는 길은 오로지 하나야. 군벌, 그것도 군의 수뇌부가 되는 것 말일세."

천태는 씁쓸한 눈으로 무혁을 바라보았다.

"…내가 처신을 잘했어야 하거늘… 뭔가 잘못되어도 한참 잘못되었어."

"후회는 독일세."

그는 고개를 끄덕였다.

"좋아, 무혁이를 군에 보내기로 하지."

"잘 생각했네. 내가 무혁이의 배경이 되어줄 테니 앞으로 무혁이에게 영어를 가르치고 완벽하게 무공을 익힐 수 있도록 자네가 지도해 주게."

"물론이네."

존은 슬그머니 미소를 지었다.

"그나저나 잘되었군. 저 두 아이가 마침 마음이 잘 맞는 것 같아서 말이야."

"후후, 그러게 말이야."

이윽고 존이 천태에게 물었다.

"무혁이는 무혁이고, 자네는 앞으로 어떻게 할 작정인가?"

"글쎄, 아직 생각해 본 것은 없네."

"페르시아에 꽤 많은 재물이 있다고 하지 않았나? 그것으로 장사 밑천을 삼는 것은 어때?"

"흠, 자네가 도와준다면야 생각해 봄세."

"한 푼이라도 벌어야지. 안 그런가?"

"후후, 자네도 참, 아직도 돈이라면 자다가도 벌떡 일어나는군."

"이 집안에 남자도 없는데 나라도 바짝 벌어야 앞으로 집안이 번성하지 않겠나?"

"하긴, 그건 그렇지."

"앞으로 시일을 정해서 함께 페르시아로 가세."

"그렇게 하세."

두 사람은 하던 이야기를 정리할 겸 술자리를 갖기로 했다.

*　　　*　　　*

1390년 여름, 천태의 상단 '명화'가 페르시아로 취항하는 중이다.

쇄아아아아!

"닻을 내려라!"

"예, 방주님!"

명화상단은 빛의 꽃, 혹은 태양의 꽃이라는 뜻의 '라이트플라워'로 불리고 있었다.

천태가 상단의 방주로 있는 명화상단은 명교의 근거지이던 페르시아에 거대 창고를 두고 영국과 교역하며 막대한 수익을 올리고 있었다. 무혁은 상단에서 호위무사로 일하면서 평소에는 검술을 익히거나 상단원들과 함께 뱃일을 돕고 있었다.

열 살 때부터 천태를 따라다니면서 일했으니 벌써 5년이나 상단에서 경험을 쌓은 셈이다. 무혁은 익숙한 솜씨로 상단원들과 함께 닻을 내리고 페르시아에 판매할 물건들을 하역했다.

"밧줄을 당겨! 물건이 나간다!"

"예!"

갑판장이자 상단의 행수인 맥스가 무혁 일행과 함께 영국제 위스키와 홍차 등을 하역했다.

그리고 난 후 그는 무혁에게 은화 두 닢을 튕겼다.

팅!

"리처드, 세관에 배를 댄다고 신고해 줘!"

"예, 행수님!"

무혁은 세관으로 달려가 페르시아 관리에게 동전을 건네며 말했다.

"배를 좀 대겠소. 라이트플라워에서 왔소."

"아아, 라이트플라워. 알겠소. 은화 두 닢이오."

"고맙소."

세관에게 관증을 발급 받은 무혁이 다시 배로 돌아왔을 때엔 갑판 청소가 한창이었다. 그는 이제 검과 갑옷을 차고 명화상단의 창고까지 짐을 호송하게 될 것이다.

"가자. 방주님께서 시키신 선적을 끝내자면 시간이 별로 없어."

"예, 행수님."

갑주를 입는 무혁에게 그의 동료들이 다가왔다.

"대장, 이번 원행에는 비적이 꽤 많이 출몰할 것 같다더군."

"그걸 어떻게 알아?"

"요즘 도시의 분위기기 흉흉하다더라고."

"흠, 그래?"

무혁의 친한 동료 중 덩치가 가장 크고 힘이 센 드와프가 자신의 방패를 두드리며 말했다.

쾅쾅쾅!

"걱정하지 마라. 내가 너희들을 지켜줄 테니."

"무식한 친구. 그러다 또 화살 맞으려고?"

"크크, 난 괜찮아. 맷집 하나는 타고났다고."

"쯧쯧."

드와프의 말을 받은 사람은 그의 압도적인 방어전술에 힘입어 매일 활솜씨가 빛을 발하는 명사수다. 그는 드와프가 무식하다며 놀리곤 하지만 두 사람은 환상의 호흡을 자랑하는 무적의 팀이었다.

그런 그들을 뒤에서 묵묵히 지원해 주는 사람은 상단의 대포수 마블란이었다.

마블란은 마차에 대포를 싣고 화약을 챙기면서 말했다.

"…리처드, 어지간하면 싸움은 피하자. 행수님께서도 그것을 원하시는 것 같고."

"그래, 알겠어."

무혁은 친구들을 이끌고 본격적인 원행에 나섰다.

"자, 그럼 가볼까?"

"좋지, 대장!"

이 중에서 가장 나이가 어린 무혁이지만 동료들은 그의 지혜와 검술을 높이 사서 리더로 인정했다.

무혁의 리더십이 그만큼 빛을 발했다는 소리다.

오늘도 무혁은 동료들을 안전하게 영국으로 데려가기 위해 최선을 다할 것이다.

*　　*　　*

동료들과 함께 페르시아 시가지로 떠나는 그를 바라보며 천태와 존이 조용히 읊조렸다.

"잘 크는군."

"그러게 말일세."

"이제 곧 입대시키는 것이 좋겠네. 전황이 시시때때로 바뀌어서 프랑스와의 전쟁이 언제 끝날지 모르겠어. 이렇게 전쟁이 끝날 때까지 기다리다간 아이가 커서 시기를 놓치겠어."

"흠……."

"난세에 영웅이 탄생하는 것 아니겠나?

천태는 천천히 고개를 끄덕였다.

"조만간 내가 결정을 보도록 하지. 만약 자네의 도움이 필요하게 된다면 군에 연줄을 좀 놔주게."

"물론이지."

두 사람은 이제 배에서 내려 페르시아 시가지로 향했다.

1. 잠입

중국 윈난성에 위치한 호텔 메르베스.

끼릭, 끼릭.

한 노인이 메르베스의 스위트룸으로 간식 마차를 끌고 들어가고 있다.

노인의 얼굴에는 워낙 주름과 상처가 많아서 그 나이가 도대체 얼마나 되었는지 가늠할 수가 없어 보였다.

똑똑.

방문에 인기척을 한 노인의 앞에 호텔 방문이 열렸다.

"누구십니까?"

"룸서비스입니다."

"아아, 들어오십시오."

노인을 맞은 사람은 대략 20대 중반쯤으로 보이는 청년이었는데, 상당히 준수하고 깔끔한 용모를 가지고 있었다.

그는 이제 막 짐을 풀고 있던 모양인지 방의 분위기가 상당히 어수선해 보였다.

"식사는 어디에 놓아드릴까요?"

"식탁에 놓아주세요."

"예, 알겠습니다."

노인에게 식사를 준비시켜 놓고 계속해 짐을 풀고 있던 청년이 불현듯 그에게 물었다.

"그나저나 별일이군요. 요즘은 어르신들도 호텔에서 일을 하시는 모양이죠?"

"노인 복지정책이라고나 할까요?"

"…흠, 그런가요?"

"살기 좋은 세상이 되었지요."

"……."

청년과 노인이 눈을 마주친 순간, 찰나의 정적이 흘렀다.

그리고 두 사람은 누가 먼저랄 것도 없이 서로에게 일수를 뻗었다.

팟!

"…놈! 누가 보낸 놈이냐!"

"애송이 자식이 제법이구나!"

두 사람이 동시에 뻗은 권이 뒤섞이면서 한차례 공방이 시작되었다.

턱턱턱!

일수를 뻗은 노인의 주먹이 청년의 턱을 스치고 지나가자, 그는 몸을 뒤로 쭉 뺀 후 각을 앞으로 내질렀다.

파바밧!

"흠!"

"노인의 움직임이 이 정도면 가히 기네스북에 오를 정도군!"

"젖비린내 나는 네놈과는 애초에 근본부터 다른 사람이니까!"

이윽고 노인은 주먹을 꽉 말아 쥔 후 검지의 마디 중간을 앞으로 불룩하게 빼냈다.

마치 꿀밤을 쥐어박는 것과 같은 권이 청년을 덮쳤다.

팟!

노인의 권은 청년의 쇄골 바로 아래를 찔러 버렸고, 그 손놀림이 어찌나 빠른지 청년은 그만 사혈을 찔리고 말았다.

퍽!

"쿨럭!"

"사혈이다. 혈 자리는 다 알고 있나?"

"…빌어먹을!"

이윽고 그는 청년의 관자놀이를 손가락으로 툭 찔렀다.

푹.

순간, 그의 손가락에 찔린 혈 자리가 부풀어 오르더니 청년의 눈과 코에서 피가 터져 나오기 시작했다.

푸하아아아악!

노인은 서서히 죽어가는 청년을 발로 툭 건드리며 말했다.

"애송이 애송이 하더니 진짜 애송이였군. 명화단도 이제는 한물간 모양이야."

이윽고 노인은 아무 일도 없었다는 듯이 자취를 감추고 말았다.

* * *

그날 밤, 메르베스 호텔 윈난 지사에 중국 공안과 경찰들이 떼로 몰려들었다.

찰칵찰칵!

감식반은 오늘 일어난 밀실 살인 사건의 현장을 보존하는 한편, 증거를 수집하기 위해 동분서주했다.

이번 사건을 전담하게 된 양호쉰 경감은 이곳의 투숙객을 전부 방 안에 가두고 참고인 진술을 받고 있었다.

혹시나 이 안에 범인이 있다면 그 자리에서 검거하겠다는 뜻이다.

그러나 공안의 입장은 그와 정반대였다.

메르베스 호텔에는 꽤 많은 유명 인사들이 투숙하고 있기 때문에 최대한 그들에게 피해가 가지 않는 선에서 조사를 펼친다는 것이 공안의 방침이었다.

이로 인해 윈난성 경찰 수사부는 공안과 마찰을 일으킬 수밖에 없었다.

양호쉰 경감과 공안부 임지령 과장은 호텔 로비에서 의견 대립을 일으키고 있었다.

"…사람들을 전부 다 내보내면 도대체 수사는 어떻게 하란 말입니까?"

"생각을 좀 해보시죠. 이 세상에 어떤 유명 인사가 대놓고 살인을 하겠습니까? 모두 다 알 만한 사람들이란 말입니다."

"알 만하다고 사람 죽이지 말라는 법이라도 있습니까?"

임지령이 답답하다는 듯이 말했다.

"뇌혈관이 아주 정밀한 기기에 의해 찔려 혈액이 역류해서 죽었습니다. 이게 일반인이 벌일 수 있는 수준의 살인이란 말입니까?"

"유명 인사라고 프로 살인 기술을 익히지 말라는 법은 없지요."

"앞뒤가 아주 꽉 막혔군!"

양호쉰은 목숨을 걸고서라도 원칙을 지키는 완벽주의자이기 때문에 절대로 양보하지 않을 터였다.

임지령은 하는 수 없이 상부에 전화를 걸기로 했다.

"당신과 타협할 수 없다면 직접 경찰청과 연락하는 수밖에요."

"마음대로 하십시오."

두 사람의 대립이 극에 달한 바로 그때였다.

"반장님!"

"무슨 일인가?"

"요, 용의자를 찾았습니다!"

"용의자?"

"이쪽으로 와보시지요!"

양호쉰은 부하를 따라서 호텔의 보안센터를 찾았다.

그는 이곳에 설치되어 있던 CCTV 화면을 녹화한 영상을 살펴보았다.

화면에는 죽은 피해자의 방 앞에 설치되어 있던 열 개의 CCTV 영상이 재생되고 있었다.

"보면 아시겠지만 사망 추정 시각인 20시 정각에는 단 한 사람만 출입했습니다."

"노인?"

"예, 그렇습니다. 호텔에서 체크인 된 시각으로 따지자면 노인 앞에는 아무도 들어올 수가 없습니다. 그러니 피해자가 스스로 자살한 것이 아니라면 이 노인이 범행을 저지른 것이지요."

"허, 허어!"

"아마 그 어떤 사람도 이런 노인이 살인을 저질렀을 것이라곤 상상도 하지 못했을 겁니다. 그러니 용의선상에서 제외되었지요."

"…말도 안 되는 일이군."

"제 생각에는 저 노인이 분장한 것이 아닌가 싶습니다. 살해 수법 등으로 미뤄보면 상식적으로 저런 노인이 사건을 일으킬 수는 없거든요."

"그렇다는 것은 이 호텔에 있는 사람 모두가 용의자라는 소리군."

"그가 빠져나가지 않았다면 말이죠."

양호쉰은 CCTV 영상을 부하에게 넘겼다.

"영상의 화질을 극대화시켜서 용의자의 몽타주를 만들어. 만들어지는 즉시 전국으로 뿌린다."

"공개수사로 전환하시는 겁니까?"

"별수 있나? 이런 프로가 시가지를 활보하게 둘 수는 없지."

"예, 알겠습니다."

양호쉰은 자신의 뒤에 서 있는 임지령을 바라보며 말했다.

"자, 이젠 모두가 용의자입니다. 이해하시겠죠?"

"……."

그는 계속해서 투숙객들을 심문하기 위해 객실로 향했다.

*　　　*　　　*

북한 평양의 국제공항으로 아랍에미리트의 항공기가 날아오고 있다.

끼릭, 끼리리릭!

항공기에는 아르바트 사의 고로가 박혀 있었다.

오늘 이곳 평양에는 아르바트 사의 아들인 핫산이 방문할 예정이었다.

그는 중국을 경유하여 평양에 1박 2일 동안 머물며 이곳의 음식을 먹으며 휴양을 즐길 것이다.

평양 국제공항에서 자동차를 타고 평양 시가지로 진입한 그는 네 명의 수행비서와 함께하고 있었다.

핫산은 그중에서 운전석에 앉아 있는 비서에게 물었다.

"그나저나 정말 나는 아무런 피해도 입지 않는 것이지?"

"물론이지. 저들이 우리가 이곳에 잠입을 하려 왔는지 어떤지 알 게 뭐야?"

"하지만 네가 잡힌다면……."

"그럴 가능성은 제로야. 그러니 괜히 새가슴처럼 겁먹을 필요 없어."

"……."

오늘 아침 아랍에미리트를 출발해서 이곳 평양으로 온 핫산은 사실 북한에 들를 생각이 전혀 없었다.

그는 분쟁 지역을 별로 좋아하지 않기 때문에 고향 중동에서 벌어지는 내전 지역도 피해 다닐 정도였다.

그런데 하물며 일부러 북한까지 들어와 관광을 즐길 리가 없었다.

하지만 태하가 자신과 세 비서를 이곳에 잠입시켜 달라며 하도 부탁하는 바람에 어쩔 수 없이 북한을 찾았다.

그는 1박 2일이 아니라 오늘 당장 중동으로 돌아가고 싶을 지경이다.

"북한 사람들은 수틀리면 사람도 잡아먹는다던데, 굳이 이곳에 머물 필요가 있을까?"

"말도 안 되는 소리. 아무리 북한의 정세가 흉흉해도 평양 시가지 한복판에서 사람을 잡아먹는 일은 없어."

"…그렇지만 이곳의 분위기가 어쩐지 싫어. 사람들이 마치 다 로봇처럼 보인단 말이야."

"거참, 사내가 그렇게 배포가 작아서야……."

라일라가 잔뜩 겁에 질린 핫산에게 말했다.

"그렇다면 저희가 브로커와 접선하면 바로 이곳을 뜨시지요."

"그, 그래도 될까?"

"어차피 저희들이 이곳에 온 이유는 하나이니 별문제 없을 겁니다."

"흠, 좋아!"

내내 불안한 표정을 짓고 있던 핫산이 드디어 미소를 되찾았다.

"하하, 그렇다면야 시간이 얼마 걸리지 않겠군. 좋아, 그런 조건이라면 찬성이야."

태하는 표정이 조금 풀어진 핫산에게 말했다.

"그럼 이곳에서 천천히 즐기고 있으라고. 한국에는 이런 속담이 있어. 남남북녀다."

"남남북녀?"

"남쪽은 남자가 잘생겼고 여자는 북쪽이 아름답다."

"……!"

"어쩌면 네 두 번째 부인감을 찾을 수 있을지도 모르지."

"오오, 좋은 정보 고맙군!"

여자 하나에 모든 걱정을 잊어버린 것 같은 핫산이다.

*　　　*　　　*

평양 시가지에 위치한 지하철 입구.

철컹, 철컹!

지하도를 타로 전철이 들어오는 소리가 들려오고 있다.

태하와 라일라는 이곳에서 접선하기로 한 브로커 리영복을 기다리는 중이다.

"이 사람, 약속을 참 안 지키는군."

"원래 북쪽 사람들이 약속을 잘 안 지킵니까?"

"그거야 나도 모르지. 북쪽에서 살아본 적이 없으니까."

두 사람은 벌써 세 시간째 같은 자리에서 망부석처럼 서 있었지만, 리영복은 나타날 생각을 하지 않았다.

태하는 다시 한 번 그에게 전화를 걸었다.

뚜우, 뚜우—

이집트계 회사에서 기지국을 건설하고 3G망을 구축한 북한은 고려우편국과 함께 이동전화 서비스를 시행 중에 있다.

그래서 평양 시가지 내에서도 핸드폰을 사용하는 사람을 심심치 않게 찾아볼 수 있었다.

물론 핸드폰을 사용하는 사람들이 제한적이라서 평양 시가지를 벗어나면 그러한 광경을 발견하기가 하늘에 별 따기이지만 말이다.

태하의 전화가 끝도 없이 신호를 보내다가 이내 뚝 끊어지고 만다.

띠, 띠, 띠, 띠—

"이 사람이 정말……."

"안 받습니까?"

"끊어버린 것 같아."

"이상하군요. 믿을 만한 사람이 소개해 준 사람인데 말입니다."

"…그 사람, 정말 믿을 만한 사람이야?"

"물론입니다."

"흠……."

바로 그때였다.

툭!

태하의 곁을 한 여자가 스치고 지나갔다.

그는 무심코 그녀를 바라보았고, 그녀는 태하의 곁을 스치면서 전화기를 꺼내 들었다.

그리고 어딘가로 전화를 걸었는데 그와 동시에 태하의 전화벨이 울리기 시작했다.

띠리리리, 띠리리리릭!

"…혹시?"

"말하지 말고 아래로 내려가세요."

"알겠습니다."

그녀는 태하를 데리고 지하철 역사 안으로 들어가더니 이내 CCTV 사각지대까지 들어섰다.

그때까지도 연신 사방을 둘러보며 좌우를 살피던 그녀가 태하에게 물었다.

"저 여자는 누구시죠?"

"말씀드린 라일라입니다. 아부다비의 에네스와 절친한 사이이죠."

"아아, 저 여자 분이 그분이군요."

"라일라예요."

"청희라고 부르세요."

대략 20대 초반쯤으로 보이는 청희는 단아한 외모에 작은 키가 인상적이었다.

그녀는 두 사람을 전철 안으로 데리고 들어섰다.

철컹, 철컹!

흔들리는 전철 안에 선 태하와 라일라는 청희에게 의뢰에 관련된 얘기를 꺼냈다.

"그나저나 부탁한 일은 잘 처리해 주실 수 있겠습니까?"

"가족 구성원이 어떻게 된다고 했죠?"

"50대 초반의 여성 한 명과 10대 후반의 세 남매입니다."

태하는 그녀에게 프로필을 넘겨주면서 이성칠의 가족들을

찾아달라고 말했다.

"신상명세입니다."

그녀는 태하가 넘겨준 프로필을 바라보더니 이내 눈을 동그랗게 떴다.

"이, 이 사람들은……."

"사라진 이성칠 상장의 가족들이지요. 아마도 수용소로 들어가지 않았을까 합니다."

청희는 작게 고개를 끄덕였다.

"아마도 그럴 겁니다. 탈북한 사람들의 가족은 대부분 수용소에 갇히거나 처형당하니까요."

"흠……."

"일단 제가 알아보는 데까지 한번 알아보겠습니다. 하지만 그리 오래는 못 알아봐요. 알다시피 당에서 브로커에 대한 감시가 워낙 삼엄해서 말이지요."

"알겠습니다. 그럼 언제 다시 접선할 수 있겠습니까?"

"내일 아침까지 이곳으로 다시 오십시오. 그때 다시 만나서 얘기해 보자고요."

"그렇게 하지요."

이윽고 태하는 다시 평양의 호텔로 돌아갔다.

*　　*　　*

서울 마포구에 위치한 한 고층 아파트.

부아아앙!

이곳으로 한 대의 승합차가 달려와 멈추었다.

승합차 안에는 일곱 명의 사내가 타고 있었는데, 짐을 싣는 칸에는 각종 통신장비가 실려 있었다.

우태는 운전대를 잡은 정명회 조직원에게 물었다.

"이곳이 양재기의 집 맞나?"

"예, 보스. 이곳이 양재기라는 놈의 집 앞입니다."

그는 고개를 돌려 챕스틱을 바라보았다.

"통신망을 뚫는 데 얼마나 걸리겠어?"

"한 1분? 어쩌면 그것도 긴 것일 수도 있고."

"좋아, 그럼 당장 시작하자고."

양재기의 집은 4중으로 보안이 되어 있어 어지간한 도둑들도 손을 놓고 돌아갈 수밖에 없다.

하지만 트래킹으로 보안을 뚫고 안으로 침투하게 되면 아무리 탄탄한 방탄유리라도 순식간에 뚫리고 말 것이다.

챕스틱은 아파트 단지 내에서 사용하는 와이파이를 타고 아파트 내부로 침입하여 중앙관리실까지 침투했다.

타라라락.

"됐다. 침투했어."

"오케이. 이제는 제비 아지씨 차례인가?"

"…이성민이다. 이름이 있다고."

"후후, 어쨌든 간에."

이성민은 오늘 아주 잘빠진 정장을 입고 있었는데, 머리까지 아주 단정히 넘기고 뿔테안경을 썼다.

원래의 뺀질거리는 인상에 안경을 쓰니 단번에 학식이 뛰어난 교수처럼 보였다.

그는 차에서 슬그머니 나와 아파트 관리실로 향했다.

이제 검은색 모자를 푹 눌러쓴 김강철이 차곡차곡 장비가 든 가방을 챙겨 차를 나서려 했다.

"보안이 뚫리고 난 후에 경비실에서 양재기의 집까지 올라오는 데 걸리는 시간은 얼마지?"

"대략 15분쯤? 만약 제비가 시간을 더 끌어준다면 더 벌 수도 있고."

"15분이면 충분하지. 아니, 털고도 남지."

"그럼 이제 우리는 두 사람이 돌아올 때까지 대기하면 되는 건가?"

"뒤를 잘 지켜달라고."

드르르륵!

김강철이 차에서 내리자 우태는 곧바로 감녕에게 전화를 걸었다.

"아저씨, 나야. 이곳은 이제 막 작업을 시작했어."

—예, 알겠습니다. 이쪽도 슬슬 움직이겠습니다.

이윽고 전화를 끊은 우태가 다섯 명의 조직원에게 말했다.

"작전이 시작되었다. 바짝 긴장하도록."

"예, 보스."

갈색 안대로 감싸인 우태의 눈에 이채가 감도는 것 같다.

* * *

감녕은 정명회와 제노니스 조직원들을 데리고 블루문의 아지트 중 하나인 강북 아르디 빌딩 앞에 서 있었다.

그들은 각자 네 명씩 한 조를 이루어 끌고 온 차를 인근 주차장에 세워두고 대기하는 중이다.

이곳에 모인 인원은 대략 200명. 이 인원은 전부 광대역 무전기를 착용하고 있었다.

감녕은 작전 개요에 대해서 무전기를 통해 말했다.

"보스께서 양재기의 집에 잠입해서 PC와 금고를 접수하시면 곧바로 놈을 사로잡는다."

"만약 반항하면 어떻게 합니까?"

"죽어도 싼 놈이지만 아직 죽이면 안 된다. 대형께서 놈에게 받아내실 물건이 꽤 많거든."

"그럼 나머지 조직원은 죽여도 상관이 없겠군요."

"어차피 그놈들을 죽이지 못하면 우리가 죽는다. 그러니 보이는 족족 처리해 버려."

"예, 알겠습니다."

태하는 세 명의 비서와 함께 북한으로 침입해 들어갔고, 우태와 감녕은 부하들을 이끌고 양재기를 잡으려 한국에 왔다.

양재기는 블루문의 비자금을 관리하는 중책을 맡고 있는데, 만약 그를 사로잡게 되면 제네럴 사에 대한 정보를 얻을 수도 있을 듯했다.

그리고 우태와 감녕이 특히나 그를 생포하려는 이유는 다름 아닌 태하의 복수 때문이었다.

양재기는 태하의 숙부인 김화평 회장을 처참하고 잔인하게 죽인 장본인이고, 그 딸들을 마약상인에게 팔아먹은 파렴치한이다.

그 살을 일일이 발라서 포를 뜬 후 개의 먹이로 주어도 시원치 않을 태하였던 것이다.

게다가 그에게선 알아내야 할 정보가 너무나 많기 때문에 함부로 죽이지 않고 살려서 데리고 가려는 것이다.

잠시 후, 감녕의 전화로 우태가 전화를 걸어왔다.

—아저씨, 상황 종료되었어.

"예, 보스. 접수하겠습니다."

이윽고 우태가 조직원들에게 돌입할 것을 명령했다.

"가자. 아주 싹 밀어버리는 거다."

"예, 형님!"

200명이 넘는 인원이 일제히 차에서 내려 아르디 빌딩 안으로 몰려 들어갔다.

저벅저벅!

감녕은 아르디 빌딩으로 들어서자마자 프런트로 다가가 전화기부터 모두 부수어 버렸다.

빠악!

"꺄아아악!"

"조용히 하지 않으면 다칩니다."

"……."

프런트를 지키던 여직원들은 두 손을 들고 조용히 건물 밖으로 나섰고, 감녕은 엘리베이터와 비상계단을 점거했다.

"지금 벨을 울리겠다. 나오는 족족 다 족쳐 버려."

"예, 형님!"

감녕은 프런트에 달려 있는 비상벨을 찾아 눌렀다.

따르르르르르릉!

블루문은 원래 조직폭력배들이 만들어낸 회사이기 때문에 회사 자체가 거의 조폭과 비슷한 계보를 가지고 있다.

그래서 이런 패싸움도 많이 일어나고 가끔 유혈사태를 경험하기도 한다.

아르디 빌딩은 그들의 영업본부가 위치해 있기 때문에 비상벨이나 핫라인 시스템이 아주 잘 구축되어 있었다.

하지만 지금은 비상벨만 울릴 뿐, 전화기가 다 부서져 핫라인은 금방 가동될 수 없을 터였다.

한마디로 엘리베이터와 비상계단만 잘 막아도 이곳에 있는 조직원은 전부 다 없앨 수 있다는 소리였다.

김녕의 부하들은 각자 가지고 있던 총기에 소음기를 끼워 밖에서 소리를 듣지 못하게 하였다.

철컥.

잠시 후, 엘리베이터가 끝 층으로 올라갔다가 천천히 아래로 내려오기 시작했다.

5, 4, 3, 2, 1.

팅!

이윽고 엘리베이터 문이 열리면서 각종 둔기와 식칼을 손에 쥔 블루문 조직원들이 모습을 드러냈다.

"이, 이런 씨발……!"

"쏴라!"

핑핑핑핑!

"크허억!"

엘리베이터 안은 순식간에 아수라장으로 변해 버렸고, 비상

계단에서는 수많은 발자국 소리가 들려왔다.

"온다!"

쾅!

사람들이 죽는 소리는 못 들었어도 분위기가 심상치 않다는 것을 감지한 블루문 조직원들이 거칠게 문을 박차고 나왔다.

"어떤 새끼들이 감히 영업본부를!"

"족쳐!"

두두두두두두!

"크헉! 크허억!"

권총부터 소총까지 종류도 다양한 정명회의 화력에 블루문 조직원들은 일단 후퇴를 결정했다.

"본사로 전화 때려! 어떤 놈들인지는 몰라도 전쟁인 것 같다!"

"예, 형님!"

감녕은 철문을 닫고 들어서려는 그들을 추격하기로 했다.

파바밧!

소림사의 상경보법을 밟아 앞으로 쭉 미끄러져 나간 그는 문을 닫으려는 사내의 몸통을 발로 후려 차버렸다.

퍼억!

"크윽!"

"제기랄! 어서 막아!"

"흥, 어림도 없다!"

그는 후퇴하던 블루문 조직원들에게 철금수타장을 날렸다.

쿠웅! 콰앙!

"컥!"

일격에 1미터는 족히 날려간 사내는 동료들과 뒤엉켜 넘어져 버렸고, 그 바람에 후퇴하던 대열이 꼬였다.

"애송이들이군!"

"괴, 괴물!"

"후후, 내가 괴물이면 대형은 괴물 대장이겠군."

이제 감녕은 양재기를 찾을 때까지 모든 조직원을 다 처리하면서 본부장실로 향했다.

2. 검은 그림자

이른 아침, 평양 지하철 역사 앞에 태하와 라일라가 서 있다.

두 사람은 새벽부터 이곳을 서성거리고 있었지만 아직까지 청미는 모습을 보이지 않고 있었다.

"…약속이라는 개념을 아예 모르는 사람 같군요."

"원래 좀 까다로운 여자인 모양이지."

어제만 해도 청미의 시간개념이 마음에 썩 들지 않던 태하이지만 오랜만에 이렇게 혼자 사색에 잠기는 것도 나쁘지는 않다고 생각했다.

잠시 후, 그들의 앞으로 꽤나 고급스러워 보이는 차 한 대가 달려와 멈추어 섰다.

"타세요."

"이런 차는 어디서 구했습니까?"

"북한도 뒷구멍으로 구하자면 못 구할 것이 없어요. 밀수하기엔 평양이 최고의 도시라고 할 수 있죠."

"그렇군요."

그녀의 차에 올라탄 태하는 이성칠의 가족에 대해 물었다.

"말씀드린 그 사람들은 찾았습니까?"

"네, 찾았어요. 지금 중강진 노역소에 있대요."

"중강진이면 북쪽 끝에 있는 곳 아닙니까?"

"맞아요. 여름이건 겨울이건 사람이 살기에 아주 좋지 않은 곳이지요. 특히나 겨울에는 연해주보다 더 춥고 만주보다 더 황량합니다."

"…제기랄."

"아무튼 지금 중강진으로 출발하면 저녁쯤엔 도착할 수 있겠군요."

태하와 라일라는 이제 남은 두 사람에게 전화를 걸기로 했다.

"자네가 에밀리아에게 전화를 걸어. 내가 멜리사에게 걸 테니까."

"예, 알겠습니다."

"잠깐, 잠깐만요."

전화기를 붙잡고 있던 태하에게 청미가 다급하게 말했다.

"전화기 집어넣어요."

"왜 그러십니까?"

"이 차는 불법으로 들여온 차예요. 눈에 띄는 짓거리는 하지 않는 것이 좋다고요."

라일라와 태하는 고개를 갸웃거렸다.

"평양에 핸드폰을 가진 사람이 한둘입니까? 그런데 무슨 눈에 띄는 짓을 하지 말라고……."

바로 그때였다.

부아아아아앙!

그녀가 몰고 있던 고급차 뒤로 두 대의 군용 차량이 따라붙었다.

"군인?"

"저들이 우리를 따라오고 있는 것 같은데요?"

라일라는 불안한 시선으로 그녀를 바라보았다.

"설마……."

"미, 미안해요! 나도 그러고 싶어서 그런 것은 아니에요!"

"……."

평양 시가지 한복판에서 군사들이 일반인을 따라온다는

것, 아무리 생각해도 상식적으로 이해가 되지 않는 상황이다.

아마도 청미는 태하를 군부에게 팔아먹을 생각인 모양이었다.

라일라는 태하에게 당장 이곳을 빠져나가자고 조언했다.

"보스, 그냥 이 여자를 죽이고 평양을 빠져나가시죠."

"……."

"보스?"

"아니, 아니야. 그냥 따라가기로 하지."

"보, 보스?"

"우리가 도망가면 이 여자가 죽을 거 아니야."

"…지금 이 상황에 저 여자를 걱정하시는 겁니까?"

"그냥 이것도 인류이라고 생각하면 어떻겠어? 어이, 청미 씨. 안 그래?"

"그, 그럼요!"

그녀는 황당하다는 듯이 태하에게 물었다.

"지금 저 여자의 편을 드시려는 겁니까!"

"편을 드는 것이 아니라……."

"…죽일 겁니다!"

스릉!

어디선가 전투용 쿠크리를 꺼내 든 라일라가 청미의 목에 칼을 겨누었다.

척!

"허, 허억! 왜, 왜 이러세요?"

"…왜 이러세요? 지금 네년의 입에서 그런 말이 나올 상황이라고 보나?"

"아, 아니, 그게 아니고요!"

태하는 슬그머니 그녀의 목에서 쿠크리를 치워내며 말했다.

"좋게 생각해."

"보, 보스?"

그러면서 태하는 그녀에게 전음을 보냈다.

—이 여자가 데리고 온 사람들을 따라가면 확실한 정보를 얻을 수 있을 거야. 지금 이 여자를 죽여 봐야 문제밖에 더 생기겠어?

그제야 그녀가 조금 누그러진 얼굴로 검을 거두었다.

"운이 좋았군."

"가, 감사합니다!"

"앞으론 착하게 살아. 괜히 나쁜 짓 하지 말고."

"……."

태하의 배려에 감읍해 말을 잇지 못하는 그녀, 태하는 옅은 미소를 띤 채 그녀를 가만히 바라보고 있었다.

*　　*　　*

평양 시가지를 지나 한적한 시골 마을에 도착한 태하는 대략 50명쯤 되는 군인들을 따라 지하 밀실로 향했다.

끼이이익.

멀쩡하게 생긴 공동농장의 헛간으로 들어가 보니 사람 20명은 거뜬히 들어갈 수 있을 정도로 넓은 계단이 나왔다.

태하는 그곳을 따라 내려가면서 감탄사를 연발한다.

"평양은 모든 구역이 요새화되어 있다더니 정말인 모양이군!"

"…입 닥쳐라. 한 번만 더 주둥이 잘못 씨부리면 모가지 날려 버리는 수가 있다."

"후후, 좋을 대로 하시든지."

청미는 남한 표준어를 사용했는데 이 사람들은 꽤나 걸쭉한 북한 사투리를 구사하고 있다.

이윽고 태하는 거친 북한 사내들을 따라서 계단 아래에 있는 지하실에 도착할 수 있었다.

군인들은 호랑이 가죽으로 만든 망토를 걸친 사내에게 거수경례를 올렸다.

척!

"동지! 데리고 왔습네다!"

"기래, 고생 많았디?"

"아닙네다!"

"나가서 일보라우."

"감사합네다!"

무난한 평안도 사투리를 구사하는 중년사내의 몸에선 이루 말로 표현할 수 없을 정도로 묵직한 무게감이 흘러나오고 있었다.

엄청난 덩치에 상처가 난무하는 얼굴, 게다가 중저음의 목소리는 그 무게감에 힘을 실어주고 있었다.

그는 환갑이 훌쩍 넘은 나이임에도 불구하고 기골이 장대하고 몸이 아주 탄탄해 보였다.

한마디로 모든 것이 전반적으로 잘 단련된 군인이라고밖에 말할 수가 없었다.

환갑의 사내가 태하에게 낮은 목소리로 말했다.

"어이, 동무. 듣자 하니 중동에서 온 손님이라고 하더군. 맞나?"

"그렇습니다."

"중동…… 공화국과는 꽤 살가운 사이라고 생각했는데 그건 또 아닌 모양이디?"

"무슨 뜻입니까?"

"리성칠 상장을 빼돌리다니, 정신이 어케 되지 않고서야 그게 말이나 되는 소리간?"

"……."

"긴말하지 않갔어. 리성칠 내놓으라우."

태하는 중년사내가 북한에서 꽤나 높은 지위에 있는 남자라는 사실을 알 수 있었다.

그렇다는 것은 지금 태하가 이곳에 있는 모든 사람을 다 죽이고 고문한다고 해도 결코 그에게선 아무런 정보도 얻을 수 없다는 소리였다.

'쉽지 않은 놈이군. 일이 잘못 꼬여 버렸어.'

그는 아까부터 입을 다물고 있는 태하에게 다시 한 번 말했다.

"…내레 인내심이 그리 깊지 못해. 그러니 다시 한 번만 더 말하갔어. 리성칠이 내놓으라우."

태하는 이렇게 된 김에 이성칠에 대한 정보와 그가 가지고 있는 비밀에 대해 다 듣기로 했다.

"좋습니다. 당신에게 이성칠 상장을 내어드리겠습니다."

"후후, 이제야 말이 좀 통하는군기래."

"하지만 한 가지 질문이 있습니다."

"질문?"

"당신은 왜 이렇게 이성칠을 중요하게 생각하시는 것입니까? 도대체 그가 어떤 인물이기에?"

"리성칠이가 내게 무슨 의미인지 궁금하다는 건가?"

"뭐, 그렇다고 생각하면 편하겠군요."

"흠……."

그는 고개를 가로저었다.

"공화국에 중요한 인물이디. 그런 인물에 대한 정보를 그냥 노출시킬 수는 없는 노릇 아니겠나?"

"그렇다고 아부다비의 손님들을 마구 잡아들인다는 겁니까?"

"…너무 많은 것을 알려고 들면 다치는 수가 있어. 명심하라우."

"이성칠이 그렇게 중요한 사람이라면 응당 그에 대한 대가는 치러야 한다고 생각합니다. 안 그렇습니까?"

"그 대가가 네 모가지와 저 에미나이 모가지라고 해도 말이네?"

"목이 날아가도 알 것은 알아야겠습니다. 어차피 죽을 각오도 없이 이곳에 올 우리가 아닙니다."

"하하, 하하하하!"

그는 태하의 기백이 아주 마음에 든 모양이다.

"간나새끼, 배포 한번 쓸 만하군기래."

"뭐, 인생 한 번 살지 두 번 살겠습니까?"

"후후, 기래기래, 이곳까지 모가지를 걸고 왔으니 얻어가는 것이 있어야갔디."

"고맙습니다."

그는 태하에게 담배를 한 대 권했다.

"풍산개 피워봤네?"

"처음 피웁니다. 북한에 처음 와봤으니까요."

"한 대 피우라."

"고맙습니다."

태하에게 담배를 건넨 그는 라이터까지 선물로 주었다.

"배포가 큰 간나새끼에겐 이런 물건도 아깝지 않다."

"이를테면 적인데, 적에게도 선물을 줍니까?"

"사내는 사내다. 적이건 아군이건 사내다운 간나새끼들은 대접 받을 권리가 있다."

"호의, 감사합니다."

이윽고 두 사람은 담배를 피우며 얘기를 이어나갔다.

"리성칠, 간나새끼래 리성칠이 만나봤네?"

"얘기만 들었습니다."

"북조선 아새끼인데 남조선 말도 꽤 맛깔나게 쓴다고 하지 않던?"

"그러고 보니……."

"리성칠이는 정통 빨치산 훈련을 받은 고등전사다. 남조선도 몇 번이나 다녀온 진짜 혁명전사지."

"…간첩?"

"뭐, 남조선에선 그리 부를 수도 있지. 기래, 리성칠이는 간첩이디. 미제 아새끼들은 스파이라고 하디?"

순간, 태하는 머리가 너무나도 복잡해지는 것을 느꼈다.

"이성칠이 간첩이라니……."

"리성칠이가 간첩이 아니라면 공화국에서 와 기래 집착을 하갔네? 길치 않네?"

"……."

태하는 이 남자가 거짓부렁을 늘어놓고 있다고는 생각하지 않았다.

그의 눈빛과 말투, 거기에 여유까지, 도저히 거짓을 늘어놓는 것 같지는 않았다.

또한 피차 이 사건에 대해서 어디에 왈가왈부할 입장은 아니니 그가 거짓말을 할 리가 없었다.

게다가 그가 보여준 호의적인 모습들을 생각하면 이 환갑의 중년은 꽤나 호방한 무인의 기질을 지녔다고도 볼 수 있었다.

태하는 그에게 이성칠이 가지고 있던 정보를 아예 개방해서 1%의 의혹을 벗기기로 했다.

"만약 그것이 사실이라고 치시지요. 하면 스파이로 남한을 오가던 사람이 굳이 왜 탈북해서 베트남까지 갔을까요? 그것도 목숨을 걸고 말이지요."

"종간나 새끼, 리성칠이에게 가족이 있나는 사실을 잊은 것은 아니겠지?"

"그거야 브로커를 고용하면 될 일입니다. 그런 그가 굳이 탈북을 감행했다니 혹시 그가 가지고 있던 그 정보 때문이 아닙니까?"

"…뭐라? 그 정보?"

"저도 알 건 알고 있습니다. 그 정보에 대한 것을 이성칠이 알고 있고, 그것을 빼돌리기 위해 북한에서 몰래 탈북한 것은 아닙니까?"

사내는 실소를 흘렸다.

"하하하! 간나새끼래 다 알면서 지금까지 시치미 뗀 거이가?"

"시치미를 뗀 것은 아닙니다. 그냥 묻지 않으셔서 말하지 않은 것뿐이죠."

"기래기래, 말은 되는군."

"그렇다는 것은 북한에서 그에게 집착하는 이유가 보물 때문이라고 봐도 무방하겠군요."

"잘 아는군기래."

그는 태하에게 그만 이 일에서 물러날 것을 조언했다.

"배포 좋고 악바리 근성도 좋다만, 너 같은 애송이가 끼어들 자리는 아니다. 그만 빠지라우."

"…싫습니다."

"목숨이 아깝지 않든?"

"괜찮습니다. 제 목은 제가 알아서 합니다."

이윽고 그는 태하에게 또 한 가지 가설에 대해 설명했다.

"기래, 좋다. 네가 어느 국적의 어떤 종간나 새끼인지는 모르겠지만, 그것을 정부로 가지고 갔다고 치자. 그 정보를 정부로 가지고 간다고 해서 뭐가 어떻게 될 것 같네? 천만의 말씀. 그 나라는 배를 인양하기도 전에 정보부터 파기해야 할 거다."

"무슨 뜻입니까?"

"이 일에 왜놈들은 물론이고 미제 놈들까지 끼어든 마당에 뭘 어떻게 하겠다는 것이네?"

"……."

"그냥 우리에게 리성칠이 넘기고 보물 사건 마무리 지으면 다 편해지는 것 아니네? 우리 공화국은 변절한 빨치산 잡아서 좋고, 늬기 나라는 잡음 없어서 좋고. 안 그러네?"

그의 말은 틀린 구석이 하나도 없었다.

사실 이 사건 자체가 각 나라의 이해관계가 너무 첨예하게 엮여 있어서 인양 작업을 한다는 자체가 쉽지 않을 것이다.

인양 사업 하나 하자고 외교관계를 악화시키는 것은 무리라는 소리였다.

하지만 태하는 이 사건의 뚜껑을 따보기 전까진 포기할 수 없다는 입장이다.

"그 말씀, 다시 생각하면 어떤 의미인지 아십니까?"

"……?"

"누가 인양을 하는지 모르면 장땡이라는 소리입니다. 어차피 그곳의 위치는 이성칠밖에 모르는데 도대체 누가 인양했는지 어떻게 알 것입니까?"

순간 중년사내가 너털웃음을 터뜨린다.

"하하하! 기래기래, 말이 되는군!"

"아무리 생각해 봐도 그는 포기할 수 없을 것 같습니다."

"…언제는 나에게 리성칠을 넘긴다고 하지 않았네?"

"어르신도 제가 이성칠을 넘기지 않을 것임을 알고 계시지 않았습니까?"

"으음, 반쯤은 그랬지."

중년사내는 자신의 포켓에서 권총을 꺼내 들었다.

철컥!

"아까운 사내지만 어쩔 도리가 없군. 내가 준 그 선물로 황천길 노잣돈을 삼으면 딱이겠군기래."

"고맙지만 저는 죽을 생각이 전혀 없습니다."

"죽을 때까지 물건처럼 구는군."

타앙!

그는 미련 없이 태하의 머리로 총알을 발사했고, 태하는 총알을 손가락으로 잡아냈다.

턱!

"……!"

"미안하게 되었습니다. 잘 가십시오."

태하는 그의 허벅지에 탄환을 쏘아냈다.

'조타공!'

피융!

탄환과는 비교도 될 수 없는 파괴력을 가진 조타공이 총알과 함께 중년의 허벅지를 꿰뚫고 지나갔다.

서걱!

"으윽!"

"동맥은 건드리지 않았습니다. 아마 죽지는 않겠지요."

"…뭐 하는 짓이네? 죽이라우!"

"죄송합니다만 저는 호의를 베푼 사람은 죽이지 않습니다."

"기래?"

철컥!

그는 태하와 조금 떨어져 있는 라일라에게 총을 겨누었다.

"…이런!"

"이래도 그냥 떠나갈 것이네?"

아무래도 그는 총을 쏜 순간을 사내들 간의 승부라고 여긴 모양이고, 그 안에서 자신이 자비를 받는 것이 수치라고 생각한 것 같았다.

태하는 어쩔 수 없이 라일라 대신 그를 죽이기로 결심했다.

슈가가각, 챙!

"별수 없군!"

그는 북해신검의 한 구결인 천일수의 기운을 검 끝에 집중시켜 발사했다.

스르르릉, 팟!

그러자 중년사내의 심장에 손가락만 한 구멍이 뚫리고 말았다.

푸하아아악!

"쿨럭쿨럭!"

"미안합니다."

"…종간나 새끼, 원래 승부의 세계는 냉정한 법이라우!"

그는 돌아서는 태하에게 한 가지 당부를 했다.

"…리성칠이를 너무 믿지 말라우."

"무슨 말씀이십니까?"

털썩!

그것을 끝으로 중년인은 숨을 거두어 버렸고, 태하는 라일라와 함께 지하실을 빠져나왔다.

* * *

타앙!

단발의 총성이 들리고 난 후, 비밀 가옥을 지키고 있던 인민군 병사들은 꽤나 일이 일찍 끝났다고 생각했다.

"동지께서 일을 일찍 마무리하신 모양임메?"

"어차피 죽이는 것 아니면 살리는 것 둘 중에 하나 아니간? 그러니 빨리 끝날 수밖에 없지비."

병사들은 이제 슬슬 부대로 복귀해야겠다는 생각으로 장갑차와 장성용 승용차에 시동을 걸었다.

부르르르릉!

그 모습을 바라본 청미는 겁에 잔뜩 질린 표정을 지었다.

"나, 나도 죽이는 것은 아니겠지비?"

이 중에는 청미와 같은 함경도 출신의 병사들도 있었지만 동향이라는 이유로 명령을 어길 턱이 없었다.

아마 저 안에 들어간 장성의 마음이 조금이라도 바뀌는 날엔 그녀는 반드시 죽은 목숨일 터였다.

"꿀꺽!"

그녀의 목구멍으로 침이 넘어가는 소리가 들렸고, 그와 동시에 믿을 수 없는 일이 벌어졌다.

부웅, 서걱!

마치 레이저로 만든 것 같은 채찍이 밀실의 단단한 철문을 일도양단하더니 이내 그곳을 뚫고 태하와 라일라가 뛰쳐나오는 것이 아닌가?

콰앙!

"뭐, 뭐이가?"

"저, 저 아새끼래 무슨 짓을 한 거이가!"

"잡아라!"

인민군은 즉시 장갑차와 승용차 안에서 달려 나오려 했으나 그 차량과 함께 한 구의 시체가 되어버렸다.

부웅, 촤락!

"크헉!"

"채, 채찍에 맞는다고 사지가 잘리네?"

"총, 총을 갈겨! 뭣들 하는 거이가!"

여기저기서 총구를 전방으로 돌렸지만, 채찍을 휘두르는 태하와 그 뒤를 잇는 라일라의 사격을 당해낼 재간이 없었다.

수송용 차량은 물론이고 승용차까지 단 일격에 양분되는 판에 인민군이라고 별수가 없었다.

촤락, 콰앙!

"쿨럭쿨럭!"

"괴물, 괴물이다!"

태하는 냉기가 풀풀 흘러나오는 검을 아주 가볍게 휘두를 뿐이었는데, 그 검에선 뱀처럼 호물거리는 강기가 뿜어져 나왔다.

도대체 사람이 어떻게 저런 능력을 사용할 수 있는 것인지 청미는 그저 입을 떡 벌릴 수밖에 없었다.

'내가 도대체 누구의 뒤통수를 친 거야?'

5분도 채 되지 않아 50명의 병사를 전부 무참히 도륙 낸 태하가 고개를 돌려 청미에게 다가왔다.

그는 딱딱하게 굳은 표정으로 그녀에게 물었다.

"이상칠 가족들의 소재는 정말로 찾은 것이었나?"

"그, 그렇습니다만?"

"좋아, 그럼 그곳으로 가지."

"아, 알겠습니다."

그녀는 자신도 모르게 태하와 라일라를 차에 태워 중강진으로 향했다.

*　　*　　*

북한 고위급 장성 전담 수사부는 이른 아침부터 평양 외곽의 한 공동농장으로 모여들었다.

찰칵, 찰칵!

수사부장 이석열은 사체로 발견된 북한 인민군 참모부 부총장 임태산 중상을 바라보고 있었다.

"…기록은 다 남겼네?"

"예, 부장동무."

"림태산 부총장 동지께서 이렇게 허무하게 가시다니, 믿을 수가 없군기래."

이석열은 같은 평안도 출신에 호방한 무장이던 임태산 상장을 롤모델로 삼고 있는 정보부 요원이었다.

그는 지금까지 그가 걸어온 발자취를 따라서 자신 역시 국가에 충성하는 혁명전사가 되고 싶다고 생각했다.

때문에 이번 사건은 그에게 크나큰 충격으로 다가왔다.

실의에 빠져 있던 그에게 부검의와 인민군 소속 살인 사건 전문가가 자신들의 견해를 말해왔다.

"보기엔 총상에 의해 돌아가신 것은 아닌 것 같습네다."

"그럼 어떻게 이렇게 심장에 큰 구멍이 날 수 있단 말인가?"

"전기로 만든 인두나 쇠꼬챙이로 찔렀을 가능성이 높습네다."

"인두? 그게 있을 수 있는 일이간?"

"아마도 앞이 뾰족하거나 날카롭다면 충분히 있을 수 있는 일이지요."

"흠……."

그가 보기에도 상처 부위의 앞부분에 불로 지진 듯한 흔적이 보였다.

하지만 그 뒷부분은 상당히 예리하게 뚫려 있었기 때문에 불로 지졌다고 보기엔 뭔가 오류가 있어 보였다.

"앞부분은 탔는데 뒷부분은 예리하게 잘리지 않았네? 뭔가 좀 이상하지 않간?"

"대가리 부분이 아주 예리하다면 가능합네다."

"보면 볼수록 이해가 가지 않는 일이군."

잠시 후, 그에게 한 부하가 다가와 경례를 올렸다.

척!

"부장동무!"

"무슨 일인가?"

"잠깐 밖으로 나와보셔야겠습네다."

"무슨 일이간데 바쁜 사람을 오라 가라 하네?"

"중요한 일입네다."

그는 부하를 따라 밀실 밖에 있던 차량으로 다가간다.

"보시는 바와 같이 장갑차입네다. 그런데 문이 아주 예리하게 잘려 있지요."

"……?"

"뿐만이 아닙네다. 장갑차 이외에도 꽤 많은 부분에서 이런 흔적이 보입네다."

"…이 아새끼, 도대체 뭐 하는 아새끼네?"

이석열은 이 사건이 예사롭지 않다는 것을 느꼈다.

"부총장 동지를 보위하던 전사들은 어떻게 됐네?"

"전원 사망했습네다."

"50명이나 되는 전사를 도륙내고 탈출했다……."

"항구를 폐쇄하는 편이 좋지 않겠습네까?"

그는 고개를 가로저었다.

"그렇게 빠져나갈 아새끼였다면 이미 공화국을 빠져나갔을 것이다."

이석열은 부하들을 평양 밖으로 내보내기로 했다.

"지금 당장 조사부 전사들을 데리고 지방으로 내려가라우. 그곳에서 조사를 다시 시작한다."

"예, 동무!"

이석열은 굳게 닫힌 입술을 짓씹으며 다짐했다.

'이 썩을 놈의 아새끼, 내레 잡히면 가만두지 않갔어!'

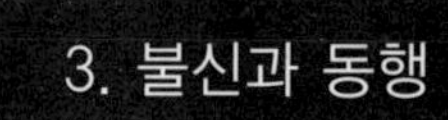

3. 불신과 동행

평안남도 덕천시 금성호 인근으로 고급차 한 대가 다가오고 있다.

부아아아앙!

차에는 피가 덕지덕지 붙어 있고 운전석에는 겁에 잔뜩 질린 청미가 타고 있었다.

태하는 그녀에게 잠시 차를 세워 금성호에서 피를 닦고 출발할 것을 제안했다.

"이곳에서 세차를 하고 가지."

"아, 알겠습니다."

라일라와 태하는 청미를 데리고 차의 구석구석을 걸레로 닦아냈다.

슥삭슥삭.

약간의 정적이 흐르던 가운데 태하가 청미에게 불현듯 질문을 건넸다.

"이성칠 상장이 스파이였다는 것을 알고 있었나?"

"…네."

"그럼 혹시 너도 정보부에서 일했나?"

"예, 그렇습니다. 정보부에서 불법 브로커들을 색출하는 일을 했었지요."

"했었다? 그럼 지금은 정보부와는 관련이 없다는 뜻이군."

"원래는 공식적인 수사관으로 활동했습니다만, 지금은 비공식적으로 잠입 수사를 펼치고 있지요."

"그래서 남한의 말도 아주 유창하게 구사하는 것이군."

"기본적으로 남한의 말과 영어 정도는 교육을 받습니다. 중국어와 러시아어도요."

"그렇군."

이윽고 차에 묻은 피를 모두 다 닦아낸 일행은 다시 차에 올랐다.

철컥!

차문을 굳게 닫은 라일라는 바득바득 갈리는 이를 애써 앙

다물며 그녀에게 물었다.

"…이 차 말이야, 혹시 저 죽은 인물에게서 받은 것인가?"

"예, 그렇습니다."

"그렇다면 이 차를 찾기 위해 군사들이 움직이고 있을 수도 있는 일이군."

그녀는 고개를 가로저었다.

"아닙니다. 이 차는 부총장께서 사적으로 갖고 계시던 물건입니다. 비공식 재산이라 아무도 알지 못하지요."

"그 말을 어떻게 믿지?"

청미는 공포에 질린 눈으로 말했다.

"저는 못 볼 것을 보고 말았습니다. 죽지 않은 것을 다행으로 여기고 있지요. 제 생각엔 아무리 검문소에 주둔하고 있는 병력이 많아도 당신들을 잡을 수 있을 것 같지가 않습니다."

"잘 아는군."

"거짓말은 아예 처음부터 하지 않는 것이 좋다고 생각합니다."

"생각보다 똑똑한데?"

"…고마워요."

태하는 이어서 이성칠에 대한 경고를 한 임태산의 말을 되새기며 그녀에게 질문했다.

"그나저나 임태산이라는 그 부총장이 나에게 마지막으로 한 말이 생각나는군. 이성칠을 믿지 마라. 도대체 무슨 뜻이지?"

"이성칠 상장은 가족들을 빼내기 위해 일부러 당신들에게 접근했을 수도 있습니다. 임태산 부총장은 그의 스파이 기질을 믿을 수 없다고 입버릇처럼 말했지요. 아마도 그런 가정하에 말해준 것이겠지요."

"흠……."

그는 죽어가는 순간에도 태하에게 조금이나마 호감을 가지고 있던 모양이다.

사내와 인재를 아낀다던 그의 말은 사실이라는 것을 알 수 있었다.

'아까운 인물이 죽었군.'

태하는 개인적으로 그가 죽지 않았으면 좋겠다고 생각했다.

지금 이 자리에서 허무하게 죽기엔 너무나도 아까운 인물이었기 때문이다.

하지만 아무리 그가 아깝다고 해도 자신의 오른팔인 라일라와 바꿀 수는 없었다.

"아무튼 이성칠의 가족을 찾고 난 후에 생각해 볼 문제군. 내가 가족들을 데리고 있으면 어차피 밝혀질 문제이니 말이야."

"그건 그렇지요."

라일라는 운전대를 잡은 그녀에게 날카로운 눈을 반짝이며 말했다.

"다시 한 번 경고하지만 만약 그곳에 가족들이 없다면 넌 그냥 죽은 목숨이다. 명심하도록."

"아, 알겠습니다."

세 사람은 에밀리아와 멜리사가 기다리고 있을 함흥으로 향했다.

*　　　*　　　*

함흥시 홍남역 인근으로 모인 태하와 세 비서는 유난히도 외국인들이 많은 전통 식당을 찾았다.

이곳에서라면 그들이 충분히 의심을 받지 않고 식사를 할 수 있겠다고 생각한 것이다.

청미는 네 사람을 수행하는 가이드로 위장하고 함흥 전통의 비빔회냉면과 꿩만두를 시켰다.

그리고 갓 잡은 돼지로 만든 수육까지 한 접시 시켜놓고 포식을 하고 있었다.

"쩝쩝!"

"무섭게 먹는군."

"헤헤, 아무리 대외훈련을 받았어도 이렇게 푸짐한 상을 먹어볼 기회는 별로 없습니다. 지금이 아니면 또 언제 먹어보겠습니까?"

"많이 먹어라."

"감사합니다!"

이윽고 태하는 에밀리아와 멜리사에게 물었다.

"알아보라고 한 배편은 어떻게 되었나?"

"마침 러시아로 떠나는 상선이 있습니다. 그곳에 짐을 싣고 출항하기로 했습니다."

"러시아로?"

"정기선은 아니고 연해주에 있는 대한적십자에서 보낸 구호물품과 러시아 정부의 구호물품을 합선해서 이곳에 왔답니다. 우호적 선박이기 때문에 돌아갈 때도 수색은 하지 않고요."

"좋군. 그런 배편이 있다면 일이 훨씬 쉬워지겠어."

태하는 에밀리아와 멜리사에게 이곳에 대기하고 그를 기다리도록 지시했다.

"우리가 중강진으로 출발하면 배에 실을 컨테이너를 하나 구해놓고 기다리도록. 차로 한 방에 그들을 실어 날라야 하니까."

"알겠습니다. 하지만 단 셋만으로 수용소를 뚫어낼 수 있겠습니까?"

"못할 것은 또 뭐야? 아니, 오히려 쉽지. 우리에겐 수용소의 꽁무니로 사람을 빼내는 기술자가 있는데 말이야."

"으음, 그래요?"

멜리사는 이번에 제대로 뒤통수를 후려갈긴 그녀를 노려보며 말했다.

"저 살찐 고양이처럼 생긴 여자를 믿을 수 있으십니까?"

"별수 있나? 믿을 만한 사람이 저 여자뿐인데."

"흠……."

청미는 혼자 수육 한 접시를 모두 다 해치운 후 그녀의 눈치를 살폈다.

"저, 저는 다신 배신 안 합니다. 정말입니다."

"그걸 어떻게 확신할 수 있지?"

"저를 데리고 북한을 빠져나가시면 될 것 아닙니까?"

순간 에밀리아가 실소를 흘렸다.

"훗, 우리가 너를? 어째서?"

"저는 앞으로도 꽤나 쓸 일이 많을 겁니다. 북한 정세에도 밝아서 만약 이곳으로 다시 잠입하게 되면 안내를 해드릴 수도 있고요."

"…우리가 다시 북한으로 돌아올 일은 절대로 없어."

"그, 그럼 빨래나 설거지라도 하겠습니다! 필요하시다면 식사를 준비할 수도 있고요!"

"가정부는 우리도 구할 수 있어."

"……."

"그리고 너 같은 여자를 어떻게 믿나? 언제 또 뒤통수칠 줄 알고.”

그녀는 식당 한가운데서 무릎을 꿇었다.

쿵!

“저를 믿어주세요!”

“…뭐 하는 짓이야? 일어나지 못해?”

“싫어요! 믿어주지 않는다면 절대로 일어나지 않을 겁니다!”

만약 태하가 일반 관광객 신분이었다면 몰라도 지금과 같은 상황에선 주변의 시선을 잡아끄는 일이 벌어져선 안 되었다.

그는 일단 그녀를 자리에서 일으키기로 했다.

“좋아, 네가 하는 것을 봐서 데리고 나가기로 하지.”

“저, 정말입니까?”

“그래, 정말이지. 하지만 지금처럼 남들의 이목을 일부러 집중시키는 등의 말도 안 되는 짓을 한다면 당연히 데리고 나갈 수 없다.”

순간 그녀는 재빨리 자리에서 일어났다.

“가, 감사합니다!”

“다시는 눈에 띄는 짓거리하지 마라. 알겠어?”

“…예, 알겠습니다.”

태하는 예정대로 중강진으로 향하기로 했다.

*　　*　　*

서울 강남의 한 호텔.

삐걱, 삐걱.

밖에는 억수처럼 비가 내리고 있었지만 이곳에선 그 빗소리마저 무드 있는 음악으로 즐기는 한 남녀가 있었다.

"허억, 허억!"

"오빠……."

"비가 오니까 아주 리듬이 잘 맞는군."

"후후, 그러게 말이야."

양재기는 자신과 5년 넘도록 밀회를 즐기고 있는 내연녀 정수지를 바라보며 물었다.

"어이, 정수지."

"왜?"

"우리 결혼할래?"

그의 질문에 정수지가 갑자기 눕히고 있던 몸을 옆으로 돌렸다.

"…나 그만할래."

"왜 그래? 갑자기 그만하는 것이 어디 있어? 한참 좋은데 말이야."

이윽고 그는 옆으로 몸을 돌린 그녀의 둔부에 자신의 하체를 슬그머니 가져다 대었다.

하지만 그녀는 평소와는 다르게도 그의 몸에서 자신의 둔부를 떼어냈다.

"싫어. 하지 마."

"…정말 왜 그래?"

그녀는 눈물이 잔뜩 고인 얼굴로 그를 바라보았다.

"몰라서 물어?"

"……."

"오빠는 매일 이런 식으로 희망고문만 하고 있어. 놈에게서 나를 떼어내 주겠다고 말로만 그런 소리를 해댄다고. 그럴 때마다 내 가슴이 얼마나 아픈지 알아?"

"……."

"한 번이라도 생각해 봤어? 내가 얼마나 힘들지 말이야."

그는 자리에서 일어나 잔에 술을 따르고 담배를 한 대 피워 물었다.

꿀꺽, 꿀꺽!

"후우……."

"오빠, 우리 언제까지 이렇게 살아야 해? 벌써 5년째야. 나도 이제는 정착 좀 하고 싶어."

"…그건 나도 똑같아."

"그런데 왜 행동으로 실천을 못 해? 오빠 원래 그렇게 나쁜 사람 아니잖아. 그런데 사람도 죽이고……."

"…그만하자. 이 얘기는 우리 두 사람을 더 힘들게 만들 뿐이야."

그녀는 고개를 가로저었다.

"아니, 오빠가 나를 그놈에게서 떼어놓겠다고 선언한 그때부터 힘든 길은 시작이었어. 지금보다 더 힘든 시간이 또 어디 있겠어?"

"……."

정수지는 그에게 바짝 다가가 등에 온몸을 밀착시키고 두 손을 허리에 감았다.

"오빠, 이제 우리도 사람처럼 살자. 나 솔직히 지금 그 놈팡이와 사는 것보다 구걸하더라도 오빠와 사는 편이 나아."

"…구걸?"

"그래, 차라리 노숙자처럼 구걸하는 편이 낫다고."

그는 짐짓 심각한 분위기에 아주 가벼운 조크를 날렸다.

"그럴 바엔 차라리 둘이 노가다를 뛰고 말지."

"……?"

"너는 잘 모르지? 요즘은 노가다 판에 여자들도 꽤 많아. 같이 벽지나 붙이고 벽돌 좀 나르면 되겠네."

"뭐? 나보고 막일을 하라고?"

"구걸도 하는데 막일이라고 왜 못해?"

“쳇, 인제는 손에 물 한 방울 안 묻히게 해준다더니.”

“너야말로. 구걸도 하는데 막일이라고 왜 못해? 사람들한테 보여주자고. 네가 얼마나 힘이 세고 손이 야무진지 말이야. 아마 노가다 판 반장도 한 수 접어줄 거다.”

“…하여간 못하는 말이 없어!”

이윽고 그녀에게 몸을 돌린 양재기가 정수지의 얼굴을 두 손으로 잡고 살짝 힘을 주었다.

그러자 그녀의 얼굴이 가로로 귀엽게 찌그러졌다.

“뭐 하는 거야!”

“그냥… 귀여워서.”

“피이.”

그는 얼굴에서 손을 떼고 그녀의 두 손을 맞잡으며 말했다.

“이제 얼마 남지 않았어. 이번에 국회의원 한 놈이 죽으면서 회장의 처지가 아주 난처해졌거든.”

“방송국에서 죽은 그 사람 말이야?”

“응. 그놈이 죽으면서 아주 난리가 났어. 어떤 조직은 회장이 바뀌고 아예 이름이 없어진 곳도 있어.”

“그 정도로 그 사람의 영향력이 컸나?”

“아마도.”

“으음, 그렇구나.”

“잘하면 네 그 지긋지긋한 놈팡이를 감옥으로 보내 버릴 수도 있다는 뜻이야."

그녀는 고개를 가로저었다.

"아니야, 오빠. 그냥 우리 둘이 도망가자. 난 더 이상 그놈과 함께 있고 싶지 않단 말이야."

"그렇다고 평생 도망이나 다니면서 살 수는 없잖아?"

"하지만……."

"우리는 괜찮아. 나는 평생 막노동을 뛰면서 살아도 좋지만 우리 아이들은? 우리 자식들은 무슨 죄야? 안 그래?"

"……."

"조금만 더 참자. 알겠지?"

"응……."

두 사람은 계속해서 사랑을 나누기 위해 자리에 누웠다.

따르르르릉!

하지만 두 사람의 애정 행각을 방해하는 소리가 들려왔다.

"…뭐지? 이 시간에는 분명히 전화하지 말라고 했는데?"

"누구야?"

"회사야. 이상하군. 그 꼰대는 분명 중국으로 출장 갔을 텐데 말이야."

바로 그때, 그녀의 전화기도 울렸다.

따르르르르릉!

"어, 어어?"

"누구야?"

"…그 놈팡이."

"서, 설마……!"

두 사람의 당혹스러운 얼굴을 묵살하는 듯 문이 열리며 한 무리의 사내들이 쏟아져 들어왔다.

콰앙!

"이 새끼들, 어디서 보냈냐?"

"오, 오빠……."

그는 일단 자신의 애인부터 이불로 둘둘 말아서 방구석으로 숨겼다.

"여자는 아무런 잘못이 없다. 그냥 스치는……."

"이미 다 알고 왔다. 그러니 내숭 떨 것 없어."

얼굴의 반을 가린 안대를 쓴 청년이 부하들에게 그녀를 보내줄 것을 명령했다.

"여자는 보내라."

"예, 보스!"

이윽고 그들은 그녀를 욕실로 보내주었다.

"들어가서 옷 갈아입고 집으로 가세요."

"하, 하지만……."

"난 괜찮아. 집에 가 있어."

그녀는 양재기의 말에 따라 옷을 챙겨 입은 후 곧장 방을 나섰다.

눈을 가린 청년은 그에게 불륜의 증거들이 담긴 사진을 내던지며 말했다.

좌락!

"사진이 꽤 잘 나온 것 같더군."

"……."

"이 잘 나온 사진을 네 두목이 다 봤으니 이젠 어떻게 한다?"

"……!"

"아마도 자신의 밑에서 개처럼 일한 네놈을 아주 푹푹 삶아서 보신탕을 끓여 드시겠지. 안 그런가?"

"이런 개새끼들이!"

양재기는 자신의 배게 밑에 숨겨두었던 회칼을 꺼내 들어 청년을 향해 달려들었다.

하지만 허무하게도 그의 검은 청년의 손에 의해 저지당했다.

턱!

그리곤 이내 그 회칼을 두 손가락으로 잡더니 그것을 좌로 꺾어버렸다.

끼기기기긱!

"허, 허억!"

"네놈이 나를 죽일 수 있다면 내가 이렇게 쳐들어오지도 않앉을 것이다."

그는 양재기의 무릎을 발로 찬 후 그를 바닥에 다시 앉혔다.

퍼억!

"크흑!"

"앉아라. 일단 대화를 좀 나눌 필요가 있어 보여."

"……."

그는 양재기의 어깨에 가운을 걸쳐 준 후 대화를 이어나가기로 했다.

* * *

태하의 예상과는 달리 블루문 영업본부에는 기업의 비리가 담긴 장부가 하나도 남아 있지 않았다.

하지만 그곳에는 양재기를 이 세상 그 누구보다 강하게 옥죌 수 있는 물건들이 놓여 있었다.

그것은 바로 결혼반지와 그 대상에 대한 사진들이었다.

그녀의 이름은 정수지, 블루문의 현 회장인 이청남의 아내였다.

정수지의 현재 나이는 29세로 이청남과는 거의 서른 살에 가까운 나이 차가 났다.

감녕에게 제압당한 조직원들이 이르기를, 정수지는 원래 강남에서 요가학원을 운영하면서 살던 호스티스 출신의 여성이라고 했다.

호스티스로 20대 초반을 모두 날린 그녀는 자신의 빼어난 미모와 몸매를 이용하여 요가학원을 차렸고, 그런대로 수입이 괜찮았다.

하지만 이청남은 이미 호스티스 시절부터 그녀를 마음에 두고 있었고, 블루문은 그녀의 요가학원을 쑥대밭으로 만들고 그녀를 빚더미에 앉혀버렸다.

무일푼으로 거리에 나앉게 생긴 그녀는 어쩔 수 없이 이청남에게 몸을 의탁했고, 그는 그녀를 세 번째 부인으로 들인 것이다.

멀쩡한 학원을 풍비박살 내면서까지 얻고 싶던 정수지는 이청남에겐 거의 심장과도 같은 존재였다.

그러나 그녀에게는 일찌감치 호감을 갖고 있던 양재기가 있었고, 두 사람은 5년 전부터 뜨겁게 열애하는 사이로 발전하고 말았다.

조직원들은 두 사람이 그저 회장의 개인적인 사생활을 조율하기 위해 만나는 것으로 알고 있었지만 이미 그는 이청남에게 목숨을 잃을 수밖에 없는 사생아가 되어 있었던 것이다.

우태는 이 사실을 이청남에게 알리는 한편, 양재기에게 조직을 배신할 수 있는 기회를 주었다.

"만약 네가 가지고 있는 정보를 우리에게 모두 다 넘긴다면 그녀를 스웨덴으로 보내주겠다."

"…스웨덴?"

"그곳에 꽤 괜찮은 전원주택이 있어. 그곳으로 이민 갈 수 있도록 준비해 두었다."

"……."

"물론 너희 두 연놈을 함께 보내주겠다는 뜻은 아니다. 넌 어차피 죽는다. 우리에게 죽던 놈에게 죽던 어차피 죽는다는 소리다."

"…그게 무슨 말 같지도 않은 소리인가? 사람을 죽이는 협상 조건은 애초에 들어본 적도 없어."

우태는 어깨를 으쓱거렸다.

"그렇게 생각한다면야 별수 없지. 어차피 너는 지금 이청남에게 걸려 죽을 목숨이다. 아마 모르긴 몰라도 우리가 죽이지 않아도 너와 네 애인은 사지가 찢겨 죽겠지."

"……."

"하지만 네놈이 이청남을 감옥에 보내고 나면 적어도 네 애인은 살 수 있다."

양재기의 눈동자가 파르르 떨리기 시작했다.

"개자식들! 도대체 나에게 무슨 원한이 있어서 이런 말도 안 되는 짓거리를 한단 말인가!"

"네게 원한이 있는 사람이 어디 한둘이겠냐? 어차피 죽을 것, 그냥 곱게 죽는 편이 좋잖아?"

우태는 그에게 애인의 사진을 가져다 대며 말했다.

"어떻게 할 텐가? 우리의 말에 따를 텐가, 아니면 애인과 함께 장렬히 산화할 것인가?"

아마 양재기는 이러나저러나 자신은 이미 죽은 목숨이라는 것을 아주 잘 알고 있을 터였다. 하지만 사랑하는 그녀를 대신 죽도록 내버려 둘 수도 없는 일이었다.

"결정은 최대한 빨리 하는 편이 좋다. 네 스캔들이 조직 내에 쫙 퍼지면 사태를 건잡을 수 없을 테니까."

"……."

가만히 앉아 한참을 고민하던 그가 이내 결단을 내렸다.

"…받아들이겠다."

"후후, 결국 의리보다는 사랑을 선택하겠다는 뜻이군."

"…약속해라. 그녀는 절대로 건드리지 마라."

우태는 고개를 끄덕인다.

"뭐, 그러지."

"꼭이다."

두 사람은 서로 손을 마주잡았다.

* * *

북한 자강도 중강읍.

휘이이이이잉!

태하는 따뜻한 날씨임에도 불구하고 을씨년스러운 분위기가 연출되고 있는 중강진 수용소를 바라보았다.

"이곳이 바로 죽음의 수용소라는 그곳이군."

"한 번 들어가면 절대로 나올 수 없다고 알려진 수용소지요."

중강읍에 위치한 중강진 수용소는 극심한 빈곤과 함께 인권 파괴의 산지로 알려져 있었다.

그런 만큼 경계도 꽤나 삼엄하지만 그 내실은 그리 탄탄하지 못하다는 것이 청미의 설명이었다.

"중강진 수용소에 아는 사람이 있습니다. 그 사람을 통하면 이성칠의 가족을 빼낼 수 있을 겁니다."

"뇌물로 주어야 할 것은?"

"중국 화폐가 가장 좋습니다. 만약 그것도 아니라면 미제 달러도 괜찮고요."

태하는 주머니에서 1만 달러의 돈뭉치를 꺼내어 그녀에게 내밀었다.

"만 달러다. 이 정도면 충분히 매수할 수 있겠지?"

"물론이죠. 이 돈을 가지고 군에서 나와 평양으로 내려가면 밥 굶지 않고 살 수 있습니다. 정부에서 야시장을 암묵적으로 눈감아주고 있기 때문에 이곳에서 죽도록 고생할 필요가 없는 것이죠."

1만 달러는 한화로 대략 1천만 원에 달하는 거금이다.

화폐 가치가 거의 바닥을 치고 있는 북한에서 이 정도 금액이면 갑부 소리를 들을 수도 있을 터였다.

태하에게서 돈을 받은 그녀는 수용소 담벼락으로 다가가 초병들에게 외쳤다.

"아주바이! 박상출 상위님이 설탕물을 가지고 오라고 했습네다!"

그러자 초병들이 어디론가 무전을 날리기 시작했다.

라일라는 혹시나 그녀가 허튼수작을 부릴까 걱정되는 마음에 퇴로를 확인하고 있었다. 하지만 그녀의 기우와는 다르게도 담벼락으로 한 사내가 고개를 쑥 내밀었다.

"어이, 청미! 무슨 일인가?"

"박 상위님, 부탁이 있어서 왔수다!"

"부탁?"

"내 1만 달러 줄 테니까 사람 얼굴 좀 봅시다!"

"사람? 어떤 사람 말임메?"

"정만복, 이정민, 이정수, 이정미 말이오!"

순간, 박상출의 얼굴에 엄청난 갈등의 기색이 보였다.

"그, 그건……!"

"원하신다면 웃돈을 더 얹어드리리다!"

청미는 그에게 1만 달러짜리 돈뭉치를 꺼내 들었다. 그러자 그는 더 이상 망설일 것도 없다는 듯 고개를 끄덕였다.

"알겠시요! 지금 바로 그 아새끼들 데리고 나오겠음메!"

"고맙수다!"

이제 곧 박상출이 이상칠의 가족을 데리고 담벼락 아래로 내려올 것이다. 태하는 그때를 노려 남쪽으로 도망치며 활극을 벌여야 할 터였다.

'무엇 하나 쉬운 일이 없군.'

일반인들을 데리고 홍남으로 내려갈 생각을 하니 눈앞이 캄캄한 태하이다.

하지만 이미 엎질러진 물, 최선을 다하는 수밖엔 길이 없었다.

잠시 후, 수용소의 문이 열리며 네 사람이 눈에 들어왔다.

철컹!

"어이, 청미, 짧게 얼굴만 보고 들여보내라. 알간?"

"헤헤, 두말하면 입 아프지요!"

청미는 이성칠의 가족을 태하의 앞으로 데리고 왔다.

"……."

"정만복 씨 되십니까?"

"뉘기요?"

"한국에서 왔습니다. 이성칠 씨가 귀순하시면서 네 분을 한국으로 모시고 싶다고 하셨습니다."

순간, 정만복의 눈동자가 파르르 떨리기 시작했다.

"…그 피도 눈물도 없는 작자가 뭘 어째?"

"저, 정만복 씨?"

그녀는 차가운 눈빛으로 태하를 몰아붙였다.

"제 처자식 내팽개치고 남으로 내뺀 인간이 이제야 상판대기를 들이대다니, 얼굴에 가래침을 뱉어도 모자랄 판이네!"

"……."

"가서 전하기요. 내레 죽어도 다시는 그 인간 상판대기 쳐다볼 일 없다고 말이오!"

태하는 어쩐지 모든 일의 첫 단추가 잘못 끼워졌다는 사실을 깨닫게 되었다.

'가정에 불화가 있었나? 아니면 탈북 과정에서 있을 수 없는 일이 벌어진 것인가?'

머릿속에서 추측은 난무하지만 정확히 뭐라 콕 짚어 말할 수는 없었다.

그는 일단 정만복의 세 남매를 이곳에서 빼내는 것이 좋겠다고 생각했다.

"…아무튼 함께 북을 떠납시다. 이대로 이곳에 있다간 목숨을 잃을지도 모릅니다."

"선생이 뉘긴지는 모르겠습니다만, 생면부지 남에게 신세를 질 수는 없지비. 그냥 돌아가기요."

"아이들을 생각해서라도 이곳을 떠나시죠."

단아한 그녀의 이마에 깊은 팔자 골이 생겨난다.

"우리 네 가족에게 무슨 볼일이 있다고 이러는 것입니까? 뭔가 바라는 것이 있겠지비? 그렇지 않소?"

태하는 고개를 가로저었다.

"그런 것 없습니다. 우리는 당신들을 북한에서 빼내기 위해 임태산 상장도 사살했습니다. 임무를 완수하려는 것뿐입니다."

"……."

그는 정만복의 큰아들에게 말했다.

"자네가 정민 군인가?"

"…그렇소."

"두 동생을 언제까지 이 수용소에 처박아둘 수는 없는 일 아닌가? 함께 북을 떠나자고."

"우리 가족을 데리고 나가준다니 고맙기는 하오만… 오마니 말씀대로 뭔가 바라는 것이 있어서 하는 일 아니오? 어째서 우리를 위해 희생한다는 말이오?"

태하는 이정민에게 장남 대 장남으로서 말했다.

"정민 군, 잘 들어. 나도 한 집안의 장남이야. 장남은 때론 불확실한 일에 명운을 거는 도박도 할 줄 알아야 해. 내가 생면부지 남이라는 것은 변하지 않는 사실이지만, 이곳을 벗어나 목숨을 건진다면 그 어떤 일이라도 해봐야 하지 않겠나?"

정만복 역시 이정민을 많이 의지하는 듯 그와 두 딸을 번갈아가며 바라보았다.

그는 태하의 말에 이내 결심했다.

"…좋수다. 함께 내려가기요."

"생각 잘 했어. 절대로 그 결정을 후회하지는 않을 거야."

"하지만 한 가지 약속을 해주오. 내 아바지 리성칠 상장은 만나지 않겠소."

"천륜인데 괜찮겠어?"

"먼저 천륜을 어긴 사람은 아바지요. 그분도 이해하시겠지비."

태하는 고개를 끄덕였다.

"좋아, 이성칠 씨와는 접촉하지 않도록 해줄게. 영국으로 가자."

"영국?"

"유럽으로 가는 편이 좋겠어."

그는 일행에게 모두 승차하도록 지시했다.

"갑시다. 갈 길이 멀어요."

"고맙소. 내 이 은혜는 언젠가는 꼭 갚겠소."

"후후, 인사치레는 살아남고 나서 하자고."

태하는 청미 대신 운전대를 잡았다.

"쉬지 않고 홍남항으로 가겠습니다. 잘 잡아요."

부아아아아앙!

그는 뒤도 돌아보지 않고 가속 페달을 밟았고, 수용소 담벼락을 지키고 있던 병사들이 태하 일행에게 소총을 발사했다.

탕탕탕탕!

그러자 라일라가 창문으로 고개를 내밀어 권총을 당겼다.

타앙!

"크헉!"

한 발에 한 사람씩을 사살한 그녀는 태하를 재촉했다.

"안에 있는 놈들이 소리를 들었을 겁니다! 조금 더 밟으시죠!"

"알겠어!"

이윽고 그녀의 말대로 병사들이 우르르 쏟아져 나왔다.

"탈출이다! 탈출!"

"…비상이다, 비상!"

위이이이이잉!

하지만 이미 태하의 차는 저만치 멀어져 시야에서 사라진 지 오래였다.

4. 희생

자강도 화평을 지나는 길, 태하는 이곳에서 공동농장 몇 곳을 거치면서 차를 교체하였다.

탈탈탈!

4인승 트럭에 옹기종기 몸을 실은 일행은 각자 맡은 구역을 잘 감시하면서 오솔길을 내달리고 있었다.

원래 태하는 화평에서 강계로 차를 몰기로 했지만, 강계시는 비교적 큰 도시이기 때문에 붙잡힐 위험이 컸다.

그래서 시간을 좀 버리더라도 일부러 길을 돌아서 홍남까지 내려가려는 것이다.

태하는 이틀이라는 시간 동안 여정의 절반을 소화할 수 있었다.

랑림을 지나는 오솔길, 태하는 자신의 옆에 탄 이정민에게 사정을 묻기로 했다.

"아버지와는 어쩌다 헤어지게 된 건가?"

"…차마 아바디라는 이름을 입에 올리기도 싫소. 가족을 버리고 국경을 넘어간 사람을 아바지라고 부르기가 쉽지는 않지 않겠소?"

태하는 실제 이들의 사정이 유주에게서 전해 들은 상황과는 전혀 다르다는 것을 알 수 있었다.

"압록강을 넘을 때였소. 우리는 아바디만 믿고 탈북을 감행했으나 준비된 것이 하나도 없었소. 심지어 우리를 데리러 오겠다던 브로커까지 나타나지 않았소. 이제 막 요동을 눈앞에 두고도 넘어갈 수가 없었으니 복장이 뒤집어지지 않겠소?"

"그런 일이……."

"그때 우리 가족은 인민군에게 붙잡혀 모진 고문을 받고 수용소로 끌려가 강제 노역에 동원되었소."

"하지만 이해할 수가 없군. 어째서 가족들을 놓아두고 혼자서 탈북을 감행한 걸까?"

"…듣기론 뭔가 중요한 물건을 가지고 나가야 해서 이목을 끌 수가 없었다고 했지비. 그 또한 핑계 아니겠소?"

한마디로 이성칠은 가족들이 인민군에게 모진 고문을 당하건 말건 혼자 살겠다고 북을 빠져나간 파렴치한이었다.

태하는 그에게도 뭔가 사정이 있지 않을까 생각했다.

하지만 두 여동생과 어머니가 모진 고문을 겪는 동안에도 두 손 놓고 지켜볼 수밖에 없던 장남은 달랐다.

"만약 할 수 있다면 아바지고 뭐고 그냥 총으로 쏴버리고 싶다고 생각했소. 내레 뉘가 후레자식이라고 손가락질해도 좋소. 내 오마니와 여동생들이 모진 고문을 겪은 것을 생각하면 지금도 자다가 벌떡 일어날 지경이오."

"……."

"선생이 어디서 온 뉘긴지 모르겠으나, 다시는 아바디 얘기는 꺼내지 말아주오."

"그래, 그렇게 하지."

이제 태하에겐 이들이 이성칠에게 돌아가는 것이 중요하지 않았다.

어떻게든 이성칠이 가지고 있는 진짜 비밀이 무엇이며, 그가 무슨 일을 꾸몄는지가 궁금했다.

또한 그는 이들을 영국으로 보내고 그곳에서 새 출발을 하도록 도와줄 생각이다.

임태산이라는 인물을 죽이고 구한 사람들이니 어떻게든 행복한 모습을 보고 싶었다.

'그래, 영국이라면 북한의 손길이 미치지 못하겠지.'

그는 계속해서 차를 몰아 동쪽으로 향했다.

*　　　*　　　*

부전을 지나 신흥으로 들어가는 길목.

태하는 길가 곳곳에 널려 있는 소초들을 바라보며 얼굴을 구겼다.

"내려가는 길이 쉽지 않겠어."

"차라리 이곳부터는 차를 버리고 산을 넘는 것이 좋지 않겠습니까?"

"그래, 그러는 편이 좋겠어."

그는 핸드폰을 꺼내서 GPS 장치로 길을 찾으면서 산을 넘기로 했다.

개마고원을 지나 부전령을 넘으면 홍원을 지나 홍남까지 갈 수 있을 터이다.

하지만 태하의 일행은 부전령을 넘기도 전에 첫 고비를 맞고야 말았다.

부아아앙!

탱크를 대동한 육군이 주변 일대를 돌아다니며 검문소를 차리고 있었던 것이다.

그제야 태하는 자신이 어떤 인물을 죽였는지 떠올렸다.

"제기랄. 임태산 상장이 죽고 난 후 우리를 잡기 위한 검문이 강화되고 있는 것 같군."

"아무래도 북한에서 동해상을 타고 빠져나갈 수 있는 곳은 검문소가 줄을 잇고 있겠군요."

러시아로 떠나는 우호적 선박 또한 과연 언제까지 이들을 기다려줄 수 있을지 모르는 일이고, 태하는 참으로 난감하기만 했다.

"쉽지 않은 일이군."

"어떻게 하면 좋을까요?"

태하는 자신의 핸드폰에 나와 있는 시간을 바라보았다.

"대략 하루 정도 남았군."

"무리입니다. 그 안에 이 엄청난 검문을 뚫고 지나갈 수는 없어요."

"흠……."

깊은 생각에 잠겨 있던 태하는 이내 계획을 변경하기로 했다.

"내가 인민군에게 붙잡히는 편이 낫겠군."

"네, 네?"

이정민이 태하를 만류했다.

"선생이 무슨 불사신이오? 인민군 아새끼들이 얼마나 지독

한 새끼들인지 알고나 그러시는 기요?"

태하는 슬그머니 미소를 지었다.

"나는 죽지 않아. 인민군에게 붙잡혀 고문 조금 받는다고 어떻게 될 사람이 아니라는 소리지."

"하, 하지만……."

그는 청미에게 일행을 잘 인도하도록 지시했다.

"최단 거리를 통해 빠져나갈 수 있는 루트를 알아봐. 그리고 약속 시간 안에 흥남에 도착할 수 있도록."

"네, 알겠습니다."

라일라는 태하를 안쓰러운 눈으로 바라보았다.

"쉽지 않을 겁니다. 정말 이렇게까지 해야겠습니까?"

"이미 판은 벌어졌어. 이대로 도망칠 수도 없는 노릇 아니겠어?"

그녀는 이미 태하를 말릴 수 없다는 사실을 익히 알고 있었다.

"그럼 저도 함께 가겠습니다."

"그건 안 된다. 이들을 보호해 줄 사람이 한 명쯤은 필요해."

"……."

태하는 그녀의 어깨에 손을 올리며 말했다.

"러시아에서 보자고. 반드시 연해주까지 도망칠 테니까."

"후우, 알겠습니다."

이윽고 태하는 즉시 길을 떠나기로 했다.

* * *

개마고원 인근의 북한 제56보병사단.

"날래 날래 움직이라우!"

"예, 상좌동지!"

제56보병사단 소속 68보병연대는 전 인원을 투입하여 홍남으로 들어가는 길목을 수색하고 있었다.

태하는 한글로 적힌 깃발이 나부끼는 것을 바라보곤 이들이 부전령을 점거한 사단이라는 것을 알 수 있었다.

"병력이 꽤 많군."

조금은 무모할 수도 있는 일이었지만 결국 태하 혼자 무리를 빠져나온 것은 잘한 선택이었다.

이 한 구역을 1개 연대가 포위할 정도면 지금쯤 함흥의 사방은 군사들로 인해 들어갈 틈이 아예 없을 것이다.

이제 태하는 라일라가 도망칠 수 있도록 본격적으로 시간을 벌어주기로 했다.

스릉!

그는 한빙검을 꺼내어 진기를 불어넣었다.

우우우웅!

살며시 떨리는 청아한 한빙검의 손잡이를 곧게 쥔 태하는 장갑차를 몰고 다니는 대열의 허리에 검기를 출수했다.

"한백검장!"

휘리리릭, 콰앙!

마치 작은 눈보라가 응축된 듯 빠르게 회전하며 날아간 검강은 장갑차에 부딪치자마자 폭탄을 맞은 듯한 폭발을 일으켰다.

"기습이다!"

"사주를 경계하고 방어 태세를 구축하라우!"

대략 50명가량 되는 병사들이 목숨을 잃자 보병들은 일제히 산개하며 사주경계를 실시했다.

꽤 많은 병력이 소초를 구축하기 위해 움직이고 있었기 때문에 연대는 아직 제대로 흩어지지 않은 상태였다.

때문에 태하가 이들을 교란하여 이목을 집중시키기엔 제격이었다.

"좋아, 본격적으로 시작해 보자고."

태하는 북해신공을 극성으로 끌어올려 자신의 머리카락을 은청색으로 바꾸었다.

쿠그그그그그그!

그의 원래 머리색은 청색이었지만 잘못 보면 분명 동북아시아 사람이라고 착각할 만했다.

그래서 그는 국적 자체를 유추할 수 없도록 한 것이다.

얼굴에는 검은색 복면을 썼기 때문에 그가 어떻게 생겼는지도 가늠하기 힘들 터였다.

태하는 은색 눈동자를 반짝거리며 다음 침투로를 물색했다.

사사사사삭!

귀영보를 밟아 적의 후방으로 접근한 태하는 남쪽을 경계하던 한 중대의 중심부로 쳐들어갔다.

"그렇게 허술하게 경계 작전을 펼치면 쓰나."

"…허억!"

그는 일부러 영어를 사용하여 국적이 모호하도록 했고, 병사들은 이제 그가 서양에서 왔다고 생각할 것이다.

태하는 중대본부로 보이는 곳에 한백신장을 출수시켰다.

휘릭, 퍼엉!

모든 것을 얼려 버리는 한백신장이 닿은 곳에는 어김없이 냉풍이 몰아쳤다.

"내, 냉기?"

"날도 더운데 잘됐지. 안 그래?"

한백신장의 냉기로 인해 중대본부가 가지고 있던 통신장비들이 먹통이 되어버렸고, 이제 태하는 곧바로 기수를 틀어 연대의 모든 병력이 시선을 집중할 수 있는 도로로 몸을 날렸다.

파바바밧!

그리곤 그들이 타고 있던 군용 SUV를 탈취하여 도주를 감행했다.

부아아아앙!

“허, 허억!”

“범인이다! 잡으라우!”

두두두두두!

사방에서 엄청난 숫자의 탄환이 쏟아졌지만 군용차의 겉면은 모두 방탄으로 되어 있어 벌집이 될 염려는 없었다.

덕분에 태하는 고막이 찢어질 것 같은 짜릿한 드라이브를 즐길 수 있었다.

탕탕탕탕!

“…고막 찢어지겠군!”

그는 무려 1천이 넘는 군사를 뒤에 매달고 추격전을 시작했다.

* * *

북한 제56보병사단이 중무장을 한 용의자를 쫓아 병력을 출발시켰다는 소식이 북한 전역으로 퍼져 나갔다.

그러면서 모든 군사 행동이 그 용의자를 따라서 전개되기 시작했다.

한편, 남한의 정보기관인 국정원은 북파공작원들의 첩보에 의해 그 소식을 전해 들었다.

"얼음방사기?"

"북한의 소식통에 의하면 그렇습니다. 놈이 얼음방사기를 사용했답니다."

"별 희한한 무기가 다 있군. 우리가 아는 국가 중 그런 무기를 사용하는 나라가 있었나?"

"없습니다. 미국조차 그런 말도 안 되는 무기는 개발하지 않은 것으로 알고 있습니다."

"흠……."

국정원 대북 담당 정보부장 조영식은 홀연히 바람처럼 나타나 임태산을 제거한 그에 대한 조사를 벌였다.

하지만 그가 은발에 검은색 복면을 쓰고 다닌다는 것밖에는 알 수가 없었다.

그는 임태산이라는 사람이 그리 악한 사람이었는지 떠올려 보았다.

"임태산이 원한 살 짓을 많이 했던가?"

"글쎄요, 사람과 사람 사이에는 별의별 일이 다 벌어지니까요. 그의 사적인 면까지는 알 수 없습니다."
"하긴."
바로 그때, 조영식에게도 하나의 소식이 날아들었다.
"부장님!"
"무슨 일인가?"
"이것 좀 보십시오!"
그는 부하가 가지고 온 팩스를 자세히 들여다보았다.

…북한 중강진에서 탈주 사건 발생. 탈주자 정만복 외 3명.

순간, 그는 화들짝 놀라 부하에게 물었다.
"정만복이 탈주를? 도대체 이게 말이 되는 소리인가!"
"그러게 말입니다. 아무래도 내부에 공모자가 있지 않나 싶습니다."
중강진 수용소는 그 악명이 북한 내부에서도 지독하기로 소문이 나 있었다.
그런 중강진 수용소를 아무런 조력자 없이 빠져나갔다는 것은 말이 안 되는 소리였다.
그는 자세한 내막을 알아보기 위해 소식통을 전부 다 동원했다.
"제기랄! 정만복을 어떤 기관에서 빼냈는지 알아봐! 어서!"

"예, 알겠습니다!"

이성칠이 한국에 귀순 의사를 알리기 전 그는 동북아시아는 물론이고 서방의 국가들에게 자신이 가진 것을 토대로 협상을 제안했다.

그렇기 때문에 지금 그 어떤 나라가 정보기관을 총동원하려 그의 가족들을 빼낸다고 해도 이상할 것이 없었다.

그는 일이 복잡하게 꼬여가는 것을 느꼈다.

"…도대체 어떤 놈들이지? CIA인가? 아니면 SVR?"

각종 기관의 이름을 속으로 나열하던 그는 불현듯 이번 사건을 일으킨 주모자가 은발의 사내가 아닐까 하는 생각을 했다.

"놈, 도대체 정체가 뭐야?"

혼자서 1개 사단을 우롱하고 동서남북을 휘젓고 다니는 그의 정체를 밝히는 것 또한 중요한 문제였다.

그는 자신이 할 수 있는 최선을 다하여 그를 추격하기로 했다.

*　　*　　*

대관군 북쪽 신온역을 지나 오솔길에 들어선 태하는 나무가 별로 없는 산비탈을 지나고 있다.

"이건 어떻게 된 것이 사람이 숨을 곳이 없군그래."

북한의 산악 지역은 온전히 나무가 남아 있는 지역이 없어서 대부분이 민둥산이다.

때문에 북한으로 침투한 태하가 몸을 숨기고 다니기가 여간 까다로운 것이 아니었다.

먹고살기가 상당히 각박한 북한에서 나무는 아주 좋은 부업 수단이 되기 때문에 나무가 남아나질 않았다.

또한 고난의 행군을 거치면서 나무껍질과 뿌리가 식량으로 사용되어 온전한 나무가 없었다.

요즘은 연탄이 보급되어 사정이 조금 나아지긴 했어도 겨울이 추워 얼어 죽는 것은 매한가지였다.

그래서 북한 주민들은 어쩔 수 없이 산에 있는 장작이라도 베어다 불을 지피고 있었던 것이다.

만약 경제가 개방되어 사람들이 살 만해지면 나무가 다시 울창하게 우거질지도 모를 일이다.

어찌 되었건 지금 태하는 산을 넘어 다니면서도 몸을 숨기기가 힘들어 곤욕을 겪고 있었다.

그런데 설상가상으로 지금 태하에겐 특작부대 11군단 소속 항공육전단 '우뢰'의 추격이 따라붙었다.

어제부터 태하를 따라다니는 저들 때문에 그는 하루도 쉬지 못하고 강행군을 계속해야 할 것이다.

피융!

"헉!"

불현듯 갑자기 날아온 탄환에 화들짝 놀란 태하가 뒤를 돌아보니 무려 1㎞ 전방에서 저격수가 태하를 겨냥하고 있었다.

태하는 하는 수 없이 그를 제거하기로 했다.

"별수 없지."

그는 자신의 머리를 스쳐 지나간 탄환을 집어 들곤 이내 그것을 두 손가락 사이에 끼웠다.

요즘 태하가 자주 사용하는 조타공으로 저격수를 제압하려는 것이다.

끼이이이익, 피융!

조타공은 내공을 많이 실으면 실을수록 내용물이 빠르게 날아가는 특성이 있다.

그래서 태하가 전력을 다해서 조타공을 시전하면 1㎞ 밖에 있는 적의 머리를 날려 버리는 일도 가능했다.

태하의 정밀한 조준에 심장을 저격당한 북한군 저격수는 그 자리에 쓰러지고 말았다.

털썩!

그는 죽어버린 저격수를 뒤로한 채 재빨리 산비탈을 내려가기 시작했다.

파바바밧!

저격수가 태하를 발견했을 정도면 지금쯤 보병들이 태하를 잡기 위해 미친 듯이 달려오고 있을 터였다.

날쌔기로 유명한 북한의 특수전 부대와 마주하게 되면 상당히 껄끄러운 일이 벌어질 터. 태하는 최대한 빨리 이곳을 벗어나기로 했다.

천마진영보를 밟아 비탈 아래로 내려서려던 태하는 이내 방향을 틀고 말았다.

탕탕탕!

서걱!

"크윽!"

태하가 내려앉으려던 지역에도 수많은 저격수들이 그를 노리고 있었고, 그는 화들짝 놀라서 몸을 비틀었다.

하지만 5일이 넘도록 잠 한숨 자지 못한 태하에겐 극심한 피로가 누적되어 있었다.

아무리 자연지기로 피로를 풀어내고 있다곤 해도 정신적인 피로가 서서히 그의 뇌를 압박하고 있었던 것이다.

그로 인해 반탄지기에 빈틈이 생겨 버린 태하는 실수로 어깨를 내어주고 말았다.

"제기랄, 탄환이 어깨에 박혀 버렸군!"

아무리 현경에 오른 태하라고 해도 호신강기가 뚫리고 난 후엔 어쩔 수 없이 상처를 치료해야 한다.

자가 치유 능력이 일반인과 비교를 할 수 없는 태하이지만 총상을 치유할 수는 없었다.

그는 혈액이 울컥울컥 차오르는 어깨의 상처를 대충 끈으로 동여맨 후 정식으로 특수전 부대를 궤멸시키기로 했다.

"별수 없지."

살인이 마음에 들지 않는 태하였지만 지금은 그런 것을 신경 쓸 겨를이 없었다.

그는 이내 한빙검을 뽑아 들었다.

스르릉, 챙!

그리곤 하나로 겹쳐 있던 250개의 검을 주변으로 소환했다.

휘리리리릭!

마치 가을바람에 흩날리는 낙엽처럼 태하의 주변을 빙글빙글 돌며 날아다니던 검들은 이제 그가 뿜어내는 기의 흐름에 따라 적을 공격할 것이다.

"가라!"

쐐에에에엥!

아직 이기어검술의 경지에 오르지 못한 태하였지만 천마가 남긴 250개의 검이 천검진을 이루면서 반쪽짜리 이기어검술을 펼칠 수 있게 된 것이다.

그가 손을 뻗자마자 검들이 빠르게 날아다니면서 북한군

병사들을 도륙내기 시작한다.

좌락, 좌락!

"크헉!"

"이, 이런 미친……!"

검은 전부 북해신공의 냉기를 뿜어내고 있었기 때문에 행여나 검이 스치기만 해도 신체가 얼어서 조각이 나버렸다.

꽈드드득!

쨍그랑!

"끄아아아아악!"

"이, 이런 괴물을 보았나!"

"너무 나쁘게 생각하진 마라. 악연도 인연이라는 말이 있지 않나?"

산비탈에 있던 20명의 저격수를 처리하고 나니 이제 막 언덕을 넘어서 오고 있는 나머지 보병들이 보인다.

그들은 처참하게 도륙 나버린 동료들을 바라보며 아연실색했다.

"이, 이게 무슨……!"

"못 볼 꼴을 보았군. 너희들도 이만 산화해 주어야겠다."

"비, 빌어먹을!"

태하는 천검진의 제4장인 폭풍검살진을 펼쳤다.

고오오오오!

검의 회오리가 몰아치며 태하의 앞을 막고 있던 병사들에게 쇄도해 들어갔다.

그리고 그 회오리가 살과 살을 분리시키며 모든 생명체의 숨을 앗아가 버렸다.

좌라라라라락!

"끄아아아악!"

"괴, 괴물이다! 그냥 앞뒤 가리지 말고 갈기라우!"

병사들은 태하에게 조준 사격을 가했고, 폭풍검살진에서 조금 멀리 떨어진 병사들의 탄환이 태하를 향했다.

핑핑핑!

서걱!

"크윽!"

천검진을 처음 펼쳐본 태하로선 정신적 피로가 가중되고 있었다.

때문에 지금 그는 신경이 분산되어 제대로 호신강기를 펼치지 못했고, 그로 인해 태하는 다시 한 번 왼팔을 내어주고 말았다.

이를 악물고 천검진을 유지시키던 태하는 이내 남은 병력을 청소하기 시작했다.

"극천검진법!"

태하의 주변을 맴돌던 검이 모두 땅에 박히더니 이내 그 진기가 땅속으로 들어가 병사들 위로 튀어나왔다.

파악!

"뭐, 뭐이가!"

"발목을 조심하라우!"

"젠장!"

푸하아악!

나름대로 진기를 피해 도망치려 했으나, 이미 그들의 몸으로 살기가 파고든 이후였다.

병사들은 하나둘 피를 토하며 죽었고, 태하는 그 주변에 불을 질렀다.

"대화력진!"

콰앙!

화르르르륵!

200구의 시신은 불에 타 수습될 것이고, 태하는 상처를 수습할 수 있는 곳을 찾아 떠났다.

* * *

국정원이 대북 사건에 촉각을 곤두세운 만큼 북한 정보부 역시 날을 바짝 세웠다.

그들은 자국에서 벌어진 사건을 해결하기 위해 특수부대까지 동원하기에 이르렀다.

북한 정보국장 봉택진은 현재 진천까지 진출한 것으로 보이는 은발의 청년에 대한 정보를 전해 듣고 있는 중이다.

"정보국장 동지, 지금 범인이 75사단의 포위망을 뚫고 대관으로 향하고 있다고 합네다!"

"그 아새끼레, 행동이 여간 날랜 것이 아니구먼."

"지금 특수전 부대가 후방으로 추격대를 보냈습니다만, 지금은 행적까지 묘연하다고 합네다."

"개마고원에 거꾸로 쑤셔 박을 새끼 같으니!"

"어떻게 합네까? 병력을 더 추가합네까?"

"신의주로 들어가는 골목은 어떻게 되었네? 특수전 부대를 배치했네?"

"예, 동지. 그곳에 우리부대 한 개 대대가 주둔하고 있습네다."

"돌아버리겠구먼."

지금 북한 당국에선 봉택진에게 모든 책임을 전가시키고 있는 상황이기 때문에 이번 작전을 망치게 되면 그는 꼼짝없이 총살감이다.

북한에서 벌어진 이 사건을 아무리 덮는다고 해도 이미 한국 정부는 물론이고 중국과 러시아, 미국까지 퍼졌을 것이다.

아마도 이로써 북한의 위신은 크게 떨어져 앞으로 그 오명을 씻어내기가 힘들 것 같았다.

그는 자신의 재량으로 할 수 있는 모든 병력을 동원하기로 했다.

"신의주 방위군에게 연락하라. 그들에게서 증원을 받아 서쪽 항구를 모두 봉쇄한다."

"서쪽은 너무 넓습네다. 그렇게 하자면 방위군 모두를 빼내야 합네다."

"…모두 빼내더라도 그 아새끼를 잡아야 할 것 아니네?"

"하, 하지만……."

"왜 그러네? 책임지기 싫어서 그러네?"

"그, 그런 것이 아니고……."

"어차피 이번 사건은 내 책임이다! 내가 책임질 테니 방위군을 모두 빼내서 포위망 구성하라!"

"예, 동지!"

이윽고 그에게 또 다른 부하가 다가와 경례를 올렸다.

척!

"동지! 새로운 소식입네다!"

"…좋은 것인가, 나쁜 것인가?"

"유감입네다."

"젠장! 말하라우!"

부하는 딱딱하게 굳은 표정으로 그에게 말했다.

"…특수전 부대가 구성한 추격대가 궤멸되었답네다."

"궤멸? 그 병력이 도대체 얼마인지 알고나 지껄이는 것이네!"

"200명 모두가 사살되고 간신히 한 사람만 살아남아 부대로 복귀했다고 합네다."

"……."

그는 은발의 사내가 과연 어떤 인물인지 궁금해 미칠 것 같았다.

'이 아새끼, 보통내기가 아니다!'

앞으로 그는 이 사람이 자신에게 어떤 고통을 가져다줄지 미리 예견할 수 있었다.

"죽었다고 복창해야겠군."

그는 자신의 총살행을 직감한 것이다.

* * *

천마산의 한 산골 마을.

태하는 이곳의 버려진 흉가에 몸을 눕혔다.

"허억, 허억!"

북한군이 끝도 없이 추격대를 파견하는 바람에 그는 쉬지 않고 이곳 산간 지방까지 올 수밖에 없었다.

그나마 다행인 것은 이곳이 의주의 외곽 지역이며, 조금만 더 가면 신의주 항구에 닿을 수 있다는 점이었다.

그때부터는 외항선에 몸을 싣던 어선에 숨어서 바다로 나아가던 수를 내면 될 것이다.

하지만 문제는 이 상처를 치료하는 데 적어도 하루 반나절은 걸린다는 점이다.

"젠장!"

변변한 약품이나 의학용 바늘도 없는 상태에서 총상을 치료한다는 것은 사실상 불가능했다.

그래서 어쩔 수 없이 운기조식으로 상처를 치료해야 하는데, 계속되는 추격과 전투에서 진기를 너무 많이 소모해 버린 것이다.

태하는 일단 내력을 이용하여 총알과 화약이 만든 고름을 빼내기로 했다.

"후우……."

우우우우웅, 팟!

내력이 총알을 밀어내면서 생긴 고통에 어깨가 아예 떨어져 나가는 것 같았다.

하지만 그는 이를 악물고 가까스로 총알을 뽑아냈다.

끼이이이익!

촤락!

"크윽!"

팔에 힘이 쭉 빠져서 더 이상 몸을 운신할 기운도 남지 않았다.

태하는 일단 폐가에 몸을 눕히고 잠시나마 잠을 청해 보기로 했다.

"이쯤이라면 북한군이라도 쉽게 찾을 수 없겠지."

이 주변에는 사람이 살지 않아서 산짐승이 아니라면 그를 발견할 리 없을 것 같았다.

그는 살며시 눈을 감고 잠을 청해보았다.

5. 탈출

대략 세 시간 후, 태하는 깊게 빠져들었던 잠에서 깨어났다.

"으음……."

이곳으로 오는 길에 집 근처에 경계진을 펼쳐놓아 누군가 가까이 온다면 경보가 울릴 터였다.

하지만 아직까지 이곳엔 사람의 발길이 닿지 않은 것 같았다.

"후우, 이제 좀 살 것 같군."

일단 태하는 자신의 몸에 쌓여 있는 탁기를 몰아내고 상처를 지혈할 수 있도록 운기조식을 펼쳤다.

건곤대나이로 내력을 갈무리하고 나면 아마도 조금 전보다는 훨씬 몸 상태가 많이 호전될 것이다.

"후우!"

하늘과 땅의 기운이 태하의 단전에 차고 들어 이내 작은 소우주를 형성했다.

그리고 그 안에 음양오행의 모든 사물이 깃들고 생명의 영험한 기운이 빛을 발하기 시작했다.

화아아악!

그것은 태하의 몸에 불꽃과 바람, 물과 얼음, 대지와 바위, 풀과 나무의 기운이 한 번에 깃들도록 했다.

"이제야 좀 낫군."

그제야 자리에서 일어선 태하는 자신의 팔을 빙빙 돌려보았다.

뚜둑!

"으윽!"

상처가 조금 아물긴 했지만 아직까지 이렇다 할 무공을 펼치기엔 무리가 있어 보였다.

이제부터 그는 철저한 변장으로 일관하여 이곳을 빠져나가야 할 것이다.

*　　　*　　　*

위화도를 에둘러 흐르는 압록강에 닿은 태하는 이제 신의주를 목전에 두고 있었다.

신의주로 들어가기만 하면 중국이나 인도, 대만 같은 제3국으로 도피할 수 있을 터였다.

태하는 이곳까지 오는 동안 북한 주민들의 옷을 몇 벌 훔쳐 남루한 농부의 행색이다.

그리고 직접 지게를 지고 산에서 해온 듯 나무를 짊어졌다.

그는 뗏목을 띄워 신의주까지 가는 주민들에게 시장으로 함께 갈 것을 제안했다.

"이보시오, 어디까지 가오?"

"외부 시장까지 가오."

"그럼 함께 갑시다. 내레 뱃삯으로 나무 몇 필 드리겠소."

"으음, 좋시다. 함께 가오."

운이 좋게도 뗏목에 어획물을 싣고 사설시장으로 향하는 배에 얻어 탄 태하는 유유히 흐르는 압록강의 전경을 살펴보았다.

쿵쾅, 쿵쾅!

며칠 사이 내린 비로 인해 수위가 높아져 꽤 많은 수의 대형 선박들이 내륙까지 들어와 수리하는 모습이 보인다.

그리고 그 사이사이에는 인민군들이 늘어져 휴식을 취하고 있었다.

'생각보단 군기가 많이 느슨하군.'

국경수비대는 마치 송곳처럼 날카롭고 뾰족한 느낌을 주지만, 이들도 인간이기 때문에 오뉴월의 햇빛은 피하기 힘들다.

때문에 곳곳에서 늘어진 모습을 많이 볼 수 있었다.

쇄아아아!

압록강을 타고 불어오는 바람을 따라서 조금 더 안으로 들어가면 꽤 높은 고층 건물들이 보인다.

'아파트? 아니, 꽤 높은 건물들이 많군.'

신의주는 사설 시장들이 점점 늘어나면서 경제특구와 같은 모습으로 점점 변모하는 중이다.

조만간 이곳에 중국인 관광객을 유치하는 정책을 세운다고 하더니 정말 꽤 많이 발전한 것 같았다.

하지만 여전히 외곽 지역은 난민과 비슷한 차림의 북한 주민들이 즐비하여 부익부 빈익빈을 확연히 느낄 수 있게 해주었다.

대략 두 시간가량 노를 저은 사공이 태하에게 노를 맡겼다.

"팔이 빠질 것 같네. 이보시오, 동무. 내 대신 노 좀 저어주시오. 내레 좀 쉬어야겠어."

"그럽시다."

태하는 노를 잡고 있던 사공의 사투리가 함경도와 아주 묘하게 섞여 있다는 것을 알 수 있었다.

아무래도 그는 자경도나 함경도 인근에서 살다가 온 모양이다.

"사투리가 많이 섞였소?"

"마누라가 함경도 사람이오. 성격이 아주 괄괄하다우."

"원래 그쪽 사람들이 여장부 아니오?"

"좋게 생각해 주니 고맙소, 동무."

그는 자신의 아내를 칭찬해 준 태하에게 금세 호감이 생긴 모양이다.

"곽밥은 싸왔소?"

"…쫄쫄 굶었더니 허기가 져서 못 젓겠수다."

"마침 곽밥을 넉넉하게 싸서 남는데 좀 드시겠소?"

"그래도 일없겠소?"

"뭐, 어떻소? 다 함께 목구멍에 풀칠하는 처지에."

"고맙소."

아무리 각박한 북한 생활이라도 이따금 잔정이 오가는 것을 보면 이곳 역시 사람이 사는 곳은 맞는 모양이다.

비록 꽁보리밥에 소금만 뿌려서 만든 도시락이지만 강물을 반찬 삼아 넘기니 그야말로 진수성찬이 부럽지 않았다.

"으음, 손맛이 좋구려!"

"하하, 원래 우리 식구가 손이 좀 야무지지!"

아내를 칭찬하자 신이 난 그는 품속에 갈무리하고 있던 아내의 사진을 꺼내어 태하에게 보여주었다.

"곱지 않소?"

"하늘에서 내려온 선녀 아니오? 어찌 이리 곱소?"

"뭐, 운이 좋았다고 해야 하나?"

태하는 그에게서 아내의 자랑을 조금 더 듣다가 이내 신의주 국경수비대와 마주했다.

"정지! 정지!"

순간 태하는 자신에게는 신분증이 없다는 것을 깨달았다.

'빌어먹을!'

하지만 그의 기우와는 다르게 일은 아주 쉽게 풀렸다.

"어이, 수고!"

"나무 팔러 왔네?"

"뭐, 그렇게 되었다."

"아새끼래 그렇게 돈 벌어서 아주 갑부되겠다, 야!"

"큭큭, 생각만 해도 좋구나! 나중에 돈 왕창 벌어서 쌀밥이나 배 터지게 먹었으면 좋겠다, 야!"

"그때 나도 좀 끼워주라. 요즘 봉급이 안 나와서 아주 죽겠다."

"기래기래, 알겠어."

국경수비대에 친구가 있던 모양인지 그는 아주 자연스럽게 검문을 넘기는 듯했다.

하지만 그는 친구의 뒤에 있는 태하가 궁금한 모양이었다.

"그런데 저이는 누구야?"

"아아, 의주에서 함께 뗏목을 타고 온 동행이야."

"그렇군."

그는 친구와 함께 온 사람이 궁금했을 뿐 별다른 검문검색은 하지 않았다.

"이따가 나무 팔고 술 한잔하자. 돈도 벌었는데 탁주 한잔 못하지는 않을 것 아니야?"

"기래, 그렇게 하자."

태하는 가까스로 넘긴 위기에 가슴을 쓸어내린다.

'하늘이 보우하셨군. 휴우…….'

태하는 검문검색을 통과하여 신의주로 들어섰다.

*　　　*　　　*

신의주 사설 시장에 당도한 태하는 자신을 이곳까지 데리고 온 남자와 이별을 고했다.

"고맙수다. 덕분에 이곳까지 편하게 왔소."

"별말씀을."

이윽고 태하는 그에게 100달러짜리 지폐 한 장을 건넸다.

"이건 아까 먹은 곽밥 값이오. 받아 두시구려."

"…이, 이건!"

"중국 돈으로 바꿔서 쓰면 아마 짭짤할 것이오."

그는 태하에게 슬그머니 미소를 지었다.

"나중에 인연이 닿는다면 또 곽밥을 나누어 먹었으면 좋겠군기래."

"하하, 그럴 수 있다면 얼마나 좋겠소?"

사내는 태하에게 쪽지를 한 장 건넸다.

"받으시오."

"이게 뭐요?"

"나보다는 그쪽에게 더 필요할 것 같아서 주는 것이니 받으시오."

사내는 태하가 쪽지를 펼치기도 전에 그의 곁을 떠났다.

"잘 가시오, 동무! 나중에 인연이 닿는다면 또 보자우!"

"그럽시다!"

이윽고 그는 떠나갔고, 태하는 그가 준 쪽지를 펼쳐 보았다. 그런데 그 속의 내용을 확인한 태하는 화들짝 놀라지 않을 수 없었다.

신의주 8번 부두에서 용식이를 찾으시오. 아마도 대만까지 안

전하게 데려다 줄 것이오.

쪽지의 내용은 마치 태하가 처음부터 탈북을 계획한 사람임을 직감한 것 같았다. 아마도 그는 그가 철새라는 것을 알면서도 그렇게 잘해준 모양이다.

"…북한에도 생각보다 좋은 사람이 많은 것 같군."

태하는 사내의 말대로 신의주 항구 8번 부두로 향했다.

사람과 원자재, 그리고 수산물로 넘쳐나는 신의주 항구에는 번잡함과 삭막함이 공존했다.

태하는 그중에서도 유독 중국어가 많이 보이는 선박으로 발걸음을 옮겼다.

"이보시오, 말씀 좀 묻겠소."

"무슨 일임메?"

"용식이라는 사람을 찾아왔소. 알고 있소?"

그는 아무런 말 없이 손을 뻗었다.

"쪽지."

"쪽지?"

"용식이라는 이름을 들었으면 쪽지를 받았을 것 아니오?"

그제야 태하는 이 쪽지가 용식이에게 그가 보내는 보증서나 추천장 같은 것임을 알 수 있었다.

그는 태하가 건넨 쪽지를 받고선 이내 선박으로 따라오라는 손짓을 보냈다.

"여권은 있소?"

"없소."

"그럼 어쩔 수 없지비. 냉동 창고에서 검문이 끝날 때까지 기다리시오. 할 수 있겠소?"

"물론이오."

사내는 태하에게 두꺼운 가죽으로 된 모포를 건네며 말했다.

"이것으로 세 시간 버틸 수 있다면 살 수 있을 것이고, 그렇지 못하면 죽을 것임메."

"알겠소."

이윽고 그는 지하 선실에 있는 냉동고 안으로 태하를 안내했다.

끼릭, 철컹!

묵직한 문에 맺힌 고드름은 한여름에도 이곳이 영하를 유지하고 있다는 사실을 깨닫게 해주었다.

하지만 북해빙궁에서 온 태하에게 이 정도는 아늑한 편이었다.

'그나마 다행이군.'

그는 사내가 시키는 대로 생선이 가득 든 창고 안으로 들어가 검문이 끝날 때까지 기다리기로 했다.

* * *

신의주항에 잠입한 지 다섯 시간째.

휘이이이잉!

냉풍기가 쉴 새 없이 돌아가는 창고 안에 들어가 있던 태하는 오히려 정신이 맑아지는 것을 느낀다.

"후우, 좀 살 것 같네."

인위적인 냉풍이지만 심단전에 있던 북해신공이 반응하여 끝도 없이 진기를 생성해 낸 것이다.

그로 인해 태하는 이제 슬슬 기운을 차릴 수 있게 되었다.

이제 조금 살 만해진 태하는 고막에 진기를 불어넣어 내력의 파장을 만들어냈다.

우우웅, 지잉!

마치 안테나처럼 진기를 내뿜은 고막은 밖에서 지금 무슨 소리가 들리는지 알아낼 수 있었다.

그는 이제 막 선박이 검수를 끝내려 한다는 사실을 알 수 있었다.

"어디까지 가시오?"

"대만으로 간다오."

"으음, 그렇군. 허가증은 가지고 있소?"

"물론이오."

"좋소, 그만 출발하시오."

검수관이 통과를 외치자 이제 슬슬 배가 출항 준비를 서두르기 시작했다.

"가자! 닻을 올리라!"

뿌우!

기적 소리를 내며 바다 위로 나선 배가 대략 한 시간쯤 항해했을 때 선장이 태하를 밖으로 꺼내주었다.

철컹!

"어우, 춥수다! 계시오?"

"여기 있소."

"미안하게 됐수다. 검수가 늦게 끝나서리."

"괜찮소. 대만까지 갈 수 있다는 것이 어디요."

태하는 주머니에서 100달러짜리 지폐 뭉치를 꺼내어 그에게 건넸다.

"받으시오."

"뭐, 이런 것을 다……."

"수고비요. 그리고 배가 너무 고파서 먹을 것도 좀 얻어먹고 싶고."

"후후, 그렇다면 걱정 마시오. 남에서 가져온 라면이 좀 있수다. 그것을 먹고 몸을 녹이시오."

"고맙소."

태하는 선장을 따라서 갑판 위로 올라갔다.

산들산들 바람이 부는 갑판 위, 태하는 선원들과 함께 라면을 끓여 끼니를 해결하고 있었다.

"후루루루룩! 으허, 좋다!"

"그렇게 추웠으니 라면이 더 맛나겠소."

"뭐, 그렇지 않았다고 해도 이 맛은 잊을 수 없겠소."

태하가 탄 이 배는 신의주와 대만을 오가는 정기선으로, 정부에서 정식으로 허가를 받은 선박이었다.

그래서 탈북을 감행하는 사람들을 종종 태워서 북을 떠나기도 했다.

선장은 눈을 감고도 지금 이 배가 어디쯤 왔는지 알 수 있을 정도로 베테랑이다.

그런 그가 태하의 정체를 간파하지 못할 리가 없었다.

"그나저나 어디까지 가시오? 일부러 북한에 온 것은 아닌 것 같은데."

"영국으로 가오. 아마 대만에서 비행기를 타면 동료들이 데리러 올 것이오."

"그렇군."

그는 태하에게 자신이 함께할 수 있는 마지노선에 대해 설명했다.

“신주 앞바다에서 내려줄 테니 그곳부터는 통통배를 타고 이동하시오. 우리도 당신을 태웠다는 것이 발각되면 다 죽으니.”

“알겠소. 아무쪼록 고맙소.”

“별말씀을. 돈을 받았으면 그 정도는 해야지.”

이제 드디어 태하는 북한을 떠나 제 신분을 찾을 수 있을 것이다.

* * *

대만 타이베이 시가지로 들어선 태하는 가장 먼저 깔끔하게 목욕부터 하기로 결정했다.

PK호텔 프런트를 찾은 태하는 그룹에서 발급 받은 블랙카드를 제시했다.

“이 호텔에서 신세 좀 질 수 있습니까?”

태하의 블랙카드는 가지고 있음과 동시에 신분증과 같이 사용되지만, 그의 행색은 도저히 엑트린 가문의 수장이라고 볼 수가 없었다.

그녀는 미소 뒤에 칼을 숨긴 사람처럼 딱딱하게 웃으며 말했다.

"물론입니다. 잠시만 기다려주십시오."

그녀가 카드를 조회하는 동안 태하는 핫산에게 전화를 걸었다.

어차피 오해는 곧 풀릴 것이고, 자신의 집에 투숙하지 않았다고 잔소리를 할 핫산의 입을 미리 막고자 한 것이다.

—어이, 태하! 어떻게 된 거야? 일주일 동안 연락도 안 되고. 게다가 북한에서 일어난 일은 다 뭐야?

"그럴 만한 사정이 좀 있었어. 하지만 잘 마무리했어."

—그래서, 지금 어디인데?

"타이베이."

—물론 내 호텔에 투숙하려고 체크인하고 있겠지?

"당연하지. 자네에게 무슨 불호령을 떨어지려고."

—잘 아는군.

잠시 후, 카드를 조회하던 그녀에게로 총지배인이 다가왔다.

"어이, 조회 같은 것은 집어치우고, 당장 별관부터 투숙 가능하도록 준비해!"

"예, 예? 그곳은 사장님의……."

"내 말이 안 들리나? 당장 움직여!"

"알겠습니다!"

태하의 블랙카드를 건네받은 지배인은 그것을 잘 갈무리하면서 말했다.

"회장님, 이 카드는 지갑에 잘 넣어드리겠습니다. 다른 소지품도 주시지요."

"그럼 실례하겠습니다."

"무슨 그런 말씀을……."

핫산은 자신의 친구들이 호텔에 묵을 때만큼은 극도로 신경을 썼다.

그래서 호텔 지배인들은 태하가 PK호텔에 묵을 때마다 극진히 대접하기 위해 갖은 방법을 다 동원했다.

아무래도 이번 지배인은 태하에게 모든 것을 맞추려 노력하는 사람인 모양이다.

그는 태하를 데리고 목욕탕으로 향했다.

"우선 목욕재계하고 계시면 재단사가 옷을 만들어놓을 겁니다. 회장님의 사이즈는 전산에 나와 있으니 조금만 기다려 주십시오."

"고맙습니다."

VIP의 옷을 맞춤으로 제작해서 대령하는 이곳에서도 트리플 VIP인 태하의 옷은 항시 준비되어 있었다.

그는 아마도 한 시간 안에 태하의 옷을 제작해서 대령할 것이다.

태하는 그동안 사우나에 앉아서 여독을 풀기만 하면 되는 셈이다.

PK호텔의 VIP 사우나.

슥삭슥삭!

"어허, 좋다!"

그가 평소에 가장 좋아하는 것 중에 하나가 바로 이 목욕이다.

만약 그에게 목욕이 없었다면 지금쯤 스트레스로 인해 머리가 터져 버렸을지도 모른다.

탕에 몸을 푹 담근 후 스트레스와 함께 번뇌까지 다 같이 날려 버린 태하는 이제 느긋한 마음으로 목욕탕을 나섰다.

그러자 호텔 직원이 충전이 완료된 태하의 핸드폰을 들고 서 있다.

"회장님, 충전이 완료되었습니다."

"고맙습니다."

그는 핸드폰을 켜서 그 안의 내용을 확인해 보았다.

[부재중 전화 150통]

"많이도 걸었군."

라일라가 태하에게 전화를 100통 넘게 걸었고, 그 나머지는 그룹에서 걸려온 전화였다.

이윽고 태하는 라일라가 남긴 메시지를 확인했다.

[무사히 러시아 연해주에 도착했습니다. 보스와 연락이 닿게 되면 곧바로 영국으로 출발할 예정이니 여유가 되면 곧바로 연락 주십시오.]

태하는 곧바로 그녀에게 전화를 걸었다.

뚜우.

—보스! 무사하셨습니까?

"번개처럼 전화를 받는군."

—휴우, 살았네! 걱정되어 일주일 동안 잠 한숨을 못 잤습니다!

"후후, 내가 뭐라고 그랬나? 반드시 살아올 것이라고 하지 않았나?"

—아무튼 다행입니다. 보스께서 돌아오셨으니 우리도 이제 슬슬 움직여야겠군요.

"나는 이곳에서 곧장 영국으로 넘어갈 테니 먼저 안전가옥으로 가 있어. 너무 피곤하면 연해주에서 하루 이틀 정도 휴식을 취해도 좋고."

—예, 알겠습니다.

라일라와 연락을 취했으니 당분간 자유의 몸이 된 태하이다.

"그럼 술이나 한잔해 볼까?"

그는 직원들이 준비해 준 깔끔한 검은색 정장을 입고 PK호텔 라운지로 향했다.

* * *

PK호텔 라운지에는 꽤 많은 사람들이 술잔을 기울이고 있었다.

빠바바밤.

잔잔한 재즈 풍의 음악이 흐르는 스카이라운지 테라스로 나온 태하에게 전용 바텐더가 따라붙었다.

"회장님, 어떻게 만들어 드릴까요?"

"블랙러시안 독하게 한잔 주십시오."

"네, 알겠습니다."

태하는 그에게 팁으로 10달러를 건넸고, 그는 아주 적당히 독한 블랙러시안을 한잔 만들어냈다.

"입맛에 맞지 않다면 말씀해 주십시오."

"술을 입맛으로 마십니까? 분위기와 술맛으로 마시는 것이지요."

그는 10달러를 또다시 건네며 말했다.

"혼자 마시려니 적적하군요. 앞에 놓고 목이 마를 때마다 조금씩 드십시오."

"감사합니다."

바텐더는 태하의 말대로 블랙러시안을 한 잔 더 만들어 자신의 앞에 두었다.

술잔을 든 태하가 그에게 건배를 제안했다.

"사랑과 건강을 위하여."

"위하여."

팅!

잔을 부딪친 두 사람은 일상적인 얘기부터 시작했다.

"이곳의 음식은 좀 어떠십니까? 영국인 입맛에는 잘 맞지 않을 텐데요."

"그럭저럭 괜찮습니다. 조금 느끼한 것만 빼면 먹을 만하더군요."

"으음, 그렇다면 길거리 음식에 도전해 보시는 것은 어떻습니까? 타이베이 역시 중국과 마찬가지로 길거리 음식이 발달했거든요."

"길거리 음식이라……. 어떤 곳이 좋습니까?"

그는 스카이라운지에서 곧바로 보이는 길거리를 손가락으로 가리키며 말했다.

"이곳에서 골목을 따라 쭉 걷다 보면 야시장이 열리는 거리가 있습니다. 그곳에서 사람이 가장 많은 꼬치집을 찾으십시오. 그곳이 명소입니다."

"아하, 꼬치!"

"고량주와 마시면 금상첨화입니다. 물론 외국인이 보기엔 조금 이상한 면도 많겠지만 말입니다."

태하는 고개를 가로저었다.

"아니요. 저 꼬치 좋아합니다. 가끔은 청주나 소주에 곁들여 먹기도 하지요."

"주당의 취향을 가지고 계시네요."

"그런 소리 많이 듣습니다."

그가 바텐더와 함께 앉아 이런저런 얘기를 나누고 있을 때였다.

똑똑.

"실례합니다."

자동적으로 고개를 돌린 태하와 바텐더는 동시에 목소리의 주인공을 바라보았다.

그곳에는 몸에 딱 달라붙는 검은색 원피스를 입은 육감적인 여자가 서 있었다.

동양계의 얼굴 같았지만, 자세히 보면 서구적인 면도 꽤 숨어 있는 것 같았다.

태하는 이 여자가 아이누족이라는 것을 어렴풋이 알 수 있었다.

"무슨 일이시죠?"

"괜찮다면 합석해도 될까요?"

아이누족으로 보이는 여자가 착석을 요청하자 바텐더가 태하를 바라보았다.

"회장님, 괜찮으시다면 함께하시지요. 저보다는 이 여자 분과 드시는 편이 좋지 않겠습니까?"

"셋이 한잔합시다. 앉으시죠."

"감사합니다."

그녀는 50달러 지폐를 바텐더에게 건네며 말했다.

"진토닉으로 한잔 부탁해도 될까요?"

"비율은 어떻게 해드릴까요?"

"독하지 않지만 목 넘김이 조금 톡 쏘았으면 좋겠네요."

"으음, 알겠습니다. 잠시만 기다려주십시오."

바텐더는 드라이진에 보드카를 섞고 토닉워터와 정체를 알 수 없는 술을 몇 방울 떨어뜨렸다.

그러자 약간 레몬색이 도는 술이 완성되었다.

"진토닉입니다. 드셔보시지요."

그녀는 일단 술의 향을 음미한 다음 입을 살짝 적셔서 맛을 보았다.

추릅!

"으음, 좋군요. 직접 개발하신 술인가요?"

"예, 그렇습니다."

"실력이 좋으시네요. 특별히 술을 배우셨나요?"

"돌아가신 할아버지께서 칵테일 명인이셨지요."

"어쩐지 맛이 참 독특하다 했습니다."

바텐더에게 술의 비율을 묻는 것은 불문율이다. 태하는 건배를 제안했다.

"밤이 좋군요. 한잔합시다."

"건배!"

팅!

세 사람은 각자 들고 있던 술잔이 마를 때까지 들이켰다.

* * *

태하에게 다가온 그녀는 예상대로 아이누족이 맞았다.

원래는 전통 아이누족 마을에서 생활하며 커온 그녀였지만 지금은 홍콩과 대만 등지에서 의류사업을 하고 있었다.

패션에 대해선 거의 문외한인 태하이지만 그녀가 이끌고 있는 브랜드의 명쯤은 익히 알고 있었다.

"로열 프론츠의 대표이사님이라……. 이것 참, 유명인사를 만났군요."

"유명인사라니요. 당치도 않아요."

바텐더 역시 그녀가 자신을 소개하고 나서야 그녀를 알아보았다.

"실례가 많았습니다. 우리 호텔의 VIP를 못 알아보다니, 제 불찰입니다."

"후후, 아니요. 괜찮아요. 대접을 받으려 스카이라운지에 나온 것은 아니니까요."

그녀는 카미엘 엑트린이라는 이름에 상당히 깊은 관심을 갖는 것으로 보였다.

태하가 자신을 소개하자마자 처음보다 훨씬 더 호감이 깊어진 것 같기도 했다.

"엑트린 가문의 회장님이 이렇게 미남이었다니 전혀 몰랐네요."

"미남이라니, 그런 말씀 마십시오. 진짜 미남이 들으면 비웃겠습니다."

"어머, 진짜 미남이 누구신데요? 너무 겸손한 것도 좋지 않아요."

이윽고 그녀는 태하에게 본격적으로 술자리를 함께할 것을 청했다.

"괜찮다면 타이베이 거리로 나가시겠어요? 제가 한잔 살게요."

"뭐, 좋습니다."

"나가시는 김에 사업에 대한 얘기도 좀 나누고요."

"사업 얘기요?"

"네, 사업 얘기요. 머리가 아프시다면 듣지 않으셔도 되고요."

태하는 고개를 가로저었다.

"고양이가 생선 얘기를 하는데 어떻게 그냥 지나치겠습니까? 함께 가시죠."

"그럼 그럴까요?"

그녀는 바텐더에게 100달러 지폐 두 장을 건네곤 태하를 데리고 자리에서 일어섰다.

6. 패션피플의 초대

두 사람은 바텐더가 추천한 유명 꼬치집에서 고량주를 마시기로 했다.

태하는 바텐더가 추천한 곳이 아는 사람만 아는 명소라는 것을 어렵지 않게 알 수 있었다.

늦은 밤임에도 불구하고 줄을 서서 기다릴 정도로 이곳의 음식 맛이 뛰어났던 것이다.

운이 좋아서 때마침 빈자리에 착석한 태하였지만 그렇지 못한 사람들은 아직도 줄을 서서 기다리고 있었다.

태하는 자신이 좋아하는 닭과 돼지로 만든 꼬치에 향신료를 잔뜩 뿌려서 배를 채우는 중이다.

그녀는 그런 태하를 바라보며 자신이 제안하려던 사업에 대해 설명했다.

"이런 말씀을 갑자기 드린 것이 조금 외람될 수도 있겠지만, 엑트린 회장님이라면 제 얘기를 들어주실 것이라고 확신했어요."

"때마침 손뼉이 맞았군요. 저는 BS그룹에 도움이 되는 얘기라면 언제나 귀를 열어놓습니다."

로열 프론츠의 대표이사 쿠로이사 나나리는 태하에게 가감없이 자신이 봉착한 상황에 대해 털어놓았다.

"저희 로열 프론츠는 지금까지 15년 동안 대만과 홍콩을 오가면서 사업을 펼쳤습니다. 그동안 우리는 자체적으로 디자인을 개발해서 옷을 만들었지만, 최근에는 이렇다 할 신제품을 출품하지 못했습니다."

"인력이 부족한 겁니까?"

"혜안이 뛰어나시네요. 맞습니다. 수석 디자이너가 부하 직원들을 대거 빼내어 이적하는 바람에 인력난에 부딪쳤어요. 저 혼자서 팀을 꾸리고 디자인을 짜기엔 역부족이었던 것이죠."

"부하 직원의 뒤통수라……. 상당히 뼈아팠겠군요."

"한동안 식음을 전폐하고 방에 콕 틀어박혀 아무것도 하지 않고 지낼 정도로 타격을 입었죠."

"지금은 극복을 했고요?"

"그러니 이렇게 회장님과 술잔을 기울일 수 있는 것 아니겠어요?"

"그건 그렇군요."

그녀는 태하의 눈동자를 똑바로 쳐다보며 말했다.

"그래서 말인데, 엑트린 가문이 론칭한 보석 브랜드 전시회에서 우리 모델이 협찬을 할 수 있게 해주세요."

"협찬이라면 정확이 어떤 종류를 말씀하시는지요?"

"듣기론 회장님의 보석 브랜드가 홍콩과 대만에 상륙한다더군요."

"소문이 벌써 그렇게까지 퍼졌습니까?"

"엑트린 가문이 보석계에선 꽤 유명하기도 하지만 무엇보다 베이얼른 가문과 보네거트 가문이 합작으로 엑트린 가를 밀어준다는 것이 중요하죠. 이미 회장님은 패션, 보석 업계에선 유명 인사예요."

"흠, 그렇군요."

"그런 회장님의 전시회에서 우리가 협찬으로 패션쇼를 개최한다면 시너지 효과가 나오지 않을까요?"

태하는 머릿속으로 전시회장의 밑그림을 그려보았다.

그리고 그 안에서 화려한 패션쇼가 열린다면 과연 어떻게 될지 상상해 보았다.

"좋네요. 꽤 괜찮은 콜라보레이션이 되겠어요."

"그렇지요? 저는 회장님을 보자마자 그런 생각을 했어요. 잘하면 침체기에 빠져 있는 우리 회사가 다시 도약할 수 있는 기회가 되겠구나 하고 말이죠."

그는 나나리의 제안에서 한 가지 부족한 점을 지적했다.

"그런데 말입니다, 우리 회사의 규모에 맞춰서 패션쇼를 하자면 꽤 많은 옷이 필요할 겁니다. 그 옷들은 어떻게 디자인하실 겁니까?"

"그건 걱정하지 마세요. 조금 도전적이긴 하지만 신인 디자이너들을 대거 발탁했거든요."

"신인이라……. 젊은 피가 시장에 활력을 불어넣긴 하지요. 하지만 그만큼 네임드가 떨어지는 것은 아시죠?"

"그 편견, 제가 깰 수 있도록 기회를 주세요."

지금 태하의 입장에선 이번 전시회가 상당히 중요한 일이었다.

그룹 본사 기획팀에서 진행시킨 이번 전시회의 팀장은 라일라이고 그녀가 온 신경을 집중해 발족시킨 전시회이다.

그런데 그 전시회에 신인 디자이너밖에 없는 기업이 갑자기 패션쇼를 연다고 하면 브랜드의 가치가 조금 저하될 수도 있을 터였다.

하지만 태하는 무엇이든 블루오션이 중요하다고 생각하는 사람이었다.

"뭐, 그럽시다. 어차피 우리도 인연으로 브랜드를 창립한 사람들이니 인연으로 패션쇼 하나 연다고 흠이 되겠습니까?"

"저, 정말요?"

"물론입니다."

"가, 감사합니다! 정말 감사합니다!"

"그렇게까지 감사할 필요는 없습니다. 아니, 오히려 제가 걱정이군요."

"……?"

"이번 프로젝트를 맡은 팀장이 정말 깐깐하기론 칼 같은 사람이거든요."

나나리는 함박웃음을 지었다.

"괜찮아요! 저는 그만한 자신감은 당연히 가지고 있거든요!"

"뭐, 그렇다면 다행이고요."

태하는 과연 그녀가 라일라라는 복병을 만나서 제대로 버텨낼 수 있을지 걱정이었다.

*　　*　　*

다음날, 태하의 지시로 영국으로 들어간 라일라는 곧바로 대만행 비행기를 탔다.

그녀는 지금까지 제대로 휴식 한번 취하지 못했지만 일에 대한 열정이 남달랐다.

라일라는 태하가 무턱대고 계약한 패션쇼 개최에 대해서 난리법석을 떨려 반대했다.

"…회장님 마음대로 일을 다 결정하실 것이라면 저를 왜 중역으로 올리셨습니까?"

"아니, 난……."

"아무리 보스라고 해도 제가 추진하는 일에 개인적인 감정을 섞는 것은 옳지 않습니다."

"미, 미안해. 하지만 충분히 비전이 있다고."

"생각하시는 것은 보스의 주관적인 견해고요. 저희 팀은 그렇지 않습니다. 부팀장은 벌써부터 머리를 싸매고 누웠다고요. 아세요?"

"……."

로열 프론츠의 아성이 대단하긴 하지만 그건 어디까지나 대만과 홍콩에 국한되어 있었다.

이 브랜드가 세계로 나오게 되면 세 가문 합작 기업에 한참 미치지 못하는 것이 사실이다.

태하의 프로젝트에 어울리는 기업이라면 적어도 프랑스의 S사나 P사, G사 등 전 세계 최정상의 브랜드들 정도 될 것이다.

흔히 '명품'이라는 말을 듣는 브랜드와 합작해도 충분하다는 소리였다.

그러니 라일라의 속이 뒤집어지는 것도 무리는 아니었다.

"취소하시죠."

"하지만 계약은 계약이야. 지금 와서 어떻게 계약을 파기하나?"

"…그래도 이건 아닙니다. 포기할 것은 포기하고 계약하는 편이 좋아요."

태하는 끝까지 고개를 가로저었다.

"좋아, 내가 만약 계약을 파기했다고 치자고. 그럼 두 가문이 우리를 뭐라고 생각하겠어? 저들은 내가 고비사막을 건너고 나서야 진짜 신뢰기업으로 돌아섰어. 만약 내가 명품에 눈이 멀어서 손바닥 뒤집듯이 약속을 어기면 좋아하겠어?"

"그, 그건……."

"라일라, 조금 더 멀리 보라고. 우리가 언제부터 돈 때문에 사업을 펼쳤나? 어디까지나 이것은 우리의 이상을 위한 사업이야. 아버지의 복수로 인해 벌어진 사업이기도 하고. 그렇지 않나?"

"…보스의 말이 맞긴 하지요."

"그러니 너무 열 내지는 말라고. 알아듣지?"

그녀는 조용히 고개만 끄덕여 태하의 당부에 동의했다.
"좋아, 그럼 동의하는 것으로 알지."
"그렇게 하시지요."
떨떠름한 표정의 라일라를 데리고 태하는 파트너의 회사로 향했다.

늦은 오후, 나나리는 라일라와 대면을 가지게 되었다.
"반가워요. 쿠로이사 나나리라고 해요."
"라일라입니다."
딱딱한 태도의 그녀에게 나나리가 웃는 얼굴로 말했다.
"와아, 팀장님이 이렇게 미인이실 줄은 꿈에도 몰랐네요! 향수 냄새도 좋은데요? 어느 회사의 향수를……."
"…일 애기부터 하시죠. 향수 애기나 하자고 이곳까지 온 것은 아니잖습니까?"
"그, 그건 그렇지요."
태하는 다소 겸연쩍어하는 나나리에게 코를 찡긋해 보인다.
'거봐요. 내가 뭐라고 했습니까?'
이렇게 말하는 듯한 태하의 표정에 그녀는 씁쓸한 웃음을 지었다.
하지만 라일라의 태도가 쌀쌀맞긴 해도 이대로 포기할 그녀가 아니다.

"그럼 본격적으로 사업 얘기를 할게요."

그녀는 패션쇼에 서게 될 사람들의 라인업에 대해 설명했다.

"우선 이번 패션쇼에는 저희 회사에 연줄이 닿아 있는 할리우드 배우들이 총출동합니다. 맥스 크루즈, 존 하티, 나타샤 포스트먼 등, 모두가 톱 배우들이죠."

"이 사람들을 다 섭외한다고요?"

"물론입니다. 우리는 이 사람들에게 5년째 옷을 협찬해 주고 있어요. 정식 스폰서 계약도 맺었고요. 이미 패션모델 제안도 매칭이 된 상태입니다."

"으음……."

나나리는 아버지의 사업을 물려받아 기업을 운영하고 있었지만, 그녀가 개척한 분야는 상당히 광범위했다.

영화, 광고, 뮤지컬 등, 꽤 많은 분야의 엔터테인먼트에서 활약하고 있었던 것이다.

브랜드 자체의 파워는 떨어질지 몰라도 사업적인 인맥은 확실히 그 저력을 과시할 만했다.

라일라는 생각보다 넓은 그녀의 인맥에 조금은 감탄하는 것 같았다.

"흠흠, 그 정도 라인업이라면 충분히 승산은 있겠군요."

"그렇죠? 저도 그렇게 생각해요. 사람들이 스타 마케팅이다

뭐다 많은 말을 쏟아낼 게 분명하지만, 그만큼 관심과 성원도 많이 받겠죠."

그녀는 이 라인업에 힘을 더해줄 사람들을 소개했다.

"그리고 이 패션쇼에는 조금 특별한 사람들이 후원합니다."

"특별한 사람이요?"

"할리우드의 영화 제작진들인데, 특수효과에 대해선 거의 최정상급 실력이라고 할 수 있죠. 영화 '목걸이의 제왕'이나 '아바타 놀이' 등을 보셨나요?"

"물론입니다."

"그 영화를 제작한 팀입니다. 특수효과론 따라올 사람이 없지요."

"……."

처음에는 그녀를 별로 마음에 들어하지 않던 라일라이지만 나나리가 사활을 건 모습을 보이니 마음이 누그러지는 것 같았다.

"…좋군요. 이 정도 구성이라면 명품에 밀리지 않겠어요."

"당연합니다. 디자인 역시 아주 다양합니다. 대중성은 물론이고 희귀성도 함께 취했죠. 아마 10대부터 50대까지 전 연령이 다 좋아할 만한 옷이 나올 거예요."

"그래요. 물론 그래야지요."

이제 라일라는 제대로 일할 맛이 난 모양이다.

"회장님, 그럼 우리 둘은 본격적으로 전시장 섭외에 나서겠습니다. 같이 가시겠습니까?"

"그래, 스케줄에 별 지장이 없다면 그것도 괜찮겠군."

"그럼 가실까요?"

세 사람은 답답한 사무실을 나서서 대만 타이베이의 야외 공연장으로 향했다.

* * *

PK그룹과 대만 샤오닝 그룹이 손을 잡고 만든 야외 공연장 '하오하오'는 젊음의 거리로 통했다.

이곳에서는 각종 문화 행사가 열리며, 가수는 물론이고 일반인도 가끔 공연을 하곤 했다.

나나리는 이곳에서 보석 전시회를 열고 패션쇼를 개최하는 것이 어떻겠냐고 제안했다.

"이곳을 콘서트장처럼 만들 겁니다. 초대형 스크린을 설치하고 1만 석이 넘는 좌석도 배치할 계획이고요."

"그 많은 준비를 직접 다 기획한다고요?"

"기획은 제가 했지만 행동은 제가 하지 않습니다. 특수효과팀이 무대까지 직접 다 제작합니다. 저 같은 아마추어가 손을 대는 것보다야 그들이 알아서 움직이는 편이 낫죠."

"흐음……."

"야외라는 특수성을 살려서 맥주를 무료로 나누어주는 행사나 패션쇼 뒤풀이를 지원할 생각입니다."

"…패션쇼가 무슨 대학교 동아리 축제인 줄 아십니까?"

"동아리 축제는 아니죠. 하지만 이곳에는 대부분 젊은이들이 몰립니다. 패션쇼는 젊은이들이 많이 관람하고요. 그렇게 되면 보석 전시회도 성황이겠지요."

"젊은 사람들이 많이 몰린다고 보석을 구매하는 주 고객층인 기성층이 몰려들 것 같지는 않은데요?"

"아니요. 이곳은 가족 단위로 많이 나오는 곳입니다. 젊음의 거리이지만 공원 자체는 노인도 꽤 많이 돌아다닌다고요. 특정한 계층을 노리는 것이 아니라 불특정 다수를 노린다는 것이 제 전략입니다."

나나리의 전략은 모 아니면 도, 그러니까 상당히 불확실하고도 도박적인 실험이라고 할 수 있었다.

그와 반대로 라일라는 보석을 구매할 확률이 높은 기성세대를 노린다는 전략이었다.

어차피 보석을 구매할 사람들이 많이 오는 편이 회사 입장에선 더 좋다고 생각한 것이다.

태하는 두 사람의 의견을 모두 다 들어본 후 자신의 의견을 말했다.

"이곳에서 합시다."

"회, 회장님?"

"하지만 조건이 있습니다."

"조건이요?"

"1만 석 모두 매진되지 않으면 프로젝트는 취소합니다."

"매, 매진……."

"어차피 모 아니면 도, 이 전략은 대박이 나지 않는 이상엔 전혀 소용이 없습니다. 그러니 돈 낭비를 할 바엔 그냥 쇼를 접는 편이 낫죠."

"하긴 그렇군요. 외부에서 열리는 쇼에 사람이 참여하지 않는다면 무슨 소용이겠습니까?"

조금 부담스러운 제안일 수도 있지만 나나리는 태하의 말에 확신에 찬 대답을 던졌다.

"좋아요, 하겠습니다. 회장님께서 말씀하신 대로 1만 석 모두 매진되지 않으면 공연을 취소하겠습니다."

"할 수 있겠어요?"

"무조건 해야죠. 우리 회사의 명운이 달린 일입니다."

태하가 이렇게 조금 부담스러운 주문을 한 것은 라일라와 그녀의 의견조율을 위함이기도 했지만, 그녀를 벼랑 끝으로 밀어 무조건 프로젝트를 완수시키려는 목적이 더 컸다.

'이럴 땐 배수의 진을 치는 편이 좋다.'

그는 앞으로 나나리가 어떤 프로젝트를 보여줄지 기대를 걸어보았다.

* * *

보석 전시회 나흘 전, 미국 할리우드에서 특수효과 팀이 도착했다.

두두두두두두!

그들은 초대형 헬리콥터를 동원하여 미국에서 직접 공수한 수제 세트장을 통째로 옮기는 중이다.

헬기 넉 대로 각 모서리를 하나씩 연결한 후 그것을 있는 모습 그대로 행사장에 내려놓을 예정이다.

무려 2,000평에 달하는 초대형 세트장을 배로 옮긴 후 그것을 헬기로 다시 옮길 생각은 그 어떤 누구도 하지 못했을 것이다.

태하는 그 장면을 직접 바라보며 감탄사를 연발했다.

"대단하군. 역시 통이 작은 여자는 아니었어."

"배보다 배꼽이 더 클 판이군요. 어떻게 저런 무모한 짓을 할 수 있습니까?"

"특수효과 팀이 이곳까지 비행기를 타고 와서 무대를 짓고 다시 철거하는 것보다는 훨씬 효율적이지 않겠나?"

"하지만 스케일이 너무 커지는 게 아닌가 싶습니다."

라일라는 그녀가 일을 너무 크게 벌여서 행여나 실패에 대한 여파가 회사에까지 미칠 것을 염려하는 모양이었다.

하지만 태하는 그녀의 걱정을 단 한 방에 정리해 버린다.

"어차피 쇼가 망하면 우리도 망해. 첫 전시회를 말아먹고 제대로 브랜드를 론칭할 수 있을 것 같나? 그냥 행사 당일에 행운의 여신이 우리를 찾아오도록 빌자고."

"휴우, 애초에 너무 무모한 것이 아니었나 싶군요."

"원래 배팅이 큰 판에서 이기는 편이 잔타를 치는 것보다 낫다는 말이 있지 않나? 그렇게 생각하면 그녀의 전략은 아주 훌륭하다고 볼 수 있지."

"…진심이십니까?"

"물론."

라일라와는 달리 태하는 어차피 한 방에 블록버스터 급 쇼를 벌일 것이라면 모든 것을 하얗게 불태우는 편이 좋다고 생각했다.

어차피 망하면 남는 것이 없는 것은 똑같은데, 조금이라도 더 많이 투자해서 대박을 노리는 편이 낫다고 생각한 것이다.

"아무튼 한번 지켜보자고. 얼마나 훌륭하게 일을 처리하는지 말이야."

"…알겠습니다."

태하는 그녀에게 거는 기대가 조금씩 더 커지는 것을 느꼈다.

*　　　*　　　*

행사 당일, 나나리는 자신이 아는 모든 기자들과 방송국 관계자들을 죄다 동원하여 해외에서 온 배우들을 촬영하도록 했다.

찰칵찰칵!

무려 25명의 배우가 이곳을 찾을 것이고, 전 세계 최고의 톱 모델들 역시 함께 무대에 서게 될 것이다.

나나리는 행사장으로 들어서는 배우들이 밟을 수 있도록 레드카펫을 마련하고 그 주변에 포토라인을 쳤다.

이로써 BS그룹의 전시회는 일반적인 행사가 아니라 전 세계적인 이슈를 모으는 글로벌 행사가 된 것이다.

"저기, 맥스 크루즈다!"

"와아아아아!"

기자들은 물론이고 대만 현지에서 몰려온 팬들이 그를 보기 위해 우르르 몰려가며 소리를 쳐댄다.

아무리 거만한 사람이라고 해도 이렇게 사람이 많은 자리에서 환호를 받는 일은 상당히 즐거운 법이다.

덕분에 배우들은 기분 좋은 미소로 팬들의 환호에 화답하거나 포토라인에 서서 사진 촬영에 임했다.

나나리는 자신과 개인적으로 친분이 있는 배우들과 악수하며 일일이 함께 포토월에 섰다.

"자, 찍습니다! 하나, 둘……!"

찰칵!

유난히도 기념을 좋아하는 미국인들은 물론이고 유럽계 배우들도 그녀와의 촬영이 즐거운 모양이었다.

웃음이 끊이질 않던 포토월은 배우들이 모두 도착하고 난 직후에 철거되었다.

그리고 그를 이어 곧바로 보석 전시회 겸 패션쇼가 열렸다.

쿵쾅, 쿵쾅, 빰빠바바밤!

몸이 절로 들썩이는 일렉트로닉 사운드가 울려 퍼지면서 전시회의 막을 올리는 사회자의 안내 멘트가 울려 퍼졌다.

"이곳에 오신 신사 숙녀께선 모두 다 착석해 주십시오. 곧 쇼를 시작할 테니 앞에서부터 차례대로 자리를 채워주시기 바랍니다."

현장에 대기하고 있던 안전요원들은 관람객들을 일일이 의자 대열에 합류시키면서 현장을 통제했다.

그로 인해 어수선하던 자리가 정돈되면서 사람들의 숫자를 집계할 수 있는 여유가 생겨났다.

딸깍, 딸깍.

요원들은 행사장에 들어선 사람들의 숫자를 만보기로 체크하고 있었는데, 쇼가 시작되지 직전에 그 숫자를 합산해서 정말로 만석이 맞는지 확인해 볼 예정이다.

쇼의 시작을 알리는 안내 방송이 울린 지 대략 15분 후, 1만 석에 사람이 꽉꽉 들어찼다.

태하는 현장요원들이 합계한 자료를 받아 들었다.

"행사를 관람하기 위해 찾아온 사람들의 숫자입니다."

"고맙습니다."

요원에게서 받은 자료들을 살펴본 태하는 슬그머니 입꼬리를 올렸다.

"5만 명이라……."

패션쇼에 5만 명의 인파가 몰린 것은 가히 초대박이라고 할 정도의 성과이다.

태하는 이제 본격적으로 쇼를 시작하기로 했다.

"시작하지."

"예, 회장님."

그의 지시가 떨어지자마자 사회자는 기다렸다는 듯이 쇼를 시작했다.

"자, 그럼 지금부터 BS그룹 산하 BS주멀리의 보석 전시회를 시작하겠습니다!"

두구두구두구두구!

특수효과 팀이 만들어놓은 장엄한 사운드가 거대한 공원을 가득 채웠고, 관람객들은 환호성을 터뜨렸다.

"와아아아아아!

"첫 번째 모델부터 입장하며 쇼를 시작하겠습니다. 우레와 같은 박수와 성원을 보내주시면 감사하겠습니다."

할리우드 배우들은 비록 프로페셔널한 모델은 아니지만 꽤 많은 화보 촬영을 통해 내공을 쌓아왔다.

어떻게 하면 쇼에서 가장 멋진 모습이 될 수 있는지 아주 잘 알고 있다는 소리이다.

첫 번째 배우가 런웨이를 시작하자, 사람들은 사정없이 사진을 찍어대기 바빴다.

찰칵찰칵!

오늘의 콘셉트는 최대한 보석이 돋보이는 패션이기 때문에 전체적은 조화보다는 포인트가 목적이다.

하지만 옷과 보석이 아주 잘 매치가 되면서 과도한 치장보다는 자연스러움에 무게가 쏠렸다.

처음에는 배우들만 보느라 정신이 없던 사람들이지만 서서히 옷과 보석에 혼이 팔리기 시작했다.

지금 당장 옷을 입고 거리를 활보해도 될 정도로 도시적이고도 대중적인 패션은 일반인들과 디자이너 모두를 사로잡았다.

"와아아아아!"

크고 긴 함성이 들려오자, 배우들은 나름대로 포즈를 취하면서 팬서비스를 해주었다.

평소 좋아하는 배우가 서비스를 해주니 팬들 입장에선 몸 둘 바를 모를 지경이다.

"오길 정말 잘했어!"

"그러게 말이야!"

대중들과 함께 관람석에 앉아 패션쇼를 관람하던 태하는 함께 박수를 치며 반응을 살폈다.

'그래, 이게 바로 소통의 힘이라는 것이구나.'

애초에 그녀는 구매력이 높은 사람들을 공략해서 매출을 올리는 것이 아니라 쇼를 소통의 장으로 만들어 브랜드 파워를 높이려는 것이었다.

결국엔 라일라의 생각보다는 나나리의 생각이 조금 더 길고 깊다는 것이 증명된 셈이다.

만약 라일라의 말대로 노블레스 마케팅으로 가닥을 잡았다면 큰일이 날 뻔했을 정도이다.

태하는 흡족한 눈으로 쇼를 관람했다.

*　　*　　*

쇼가 성황리에 끝난 후, BS그룹의 보석을 구매하겠다는 바이어들이 줄을 서기 시작했다.

그리고 그 보석을 매끄럽게 쇼에 접목시킨 나나리에게도 상당한 숫자들의 바이어들이 몰려들었다.

하지만 그 누구보다 더 수혜를 받은 쪽은 할리우드에서 대만까지 날아온 사람들이었다.

영화배우들은 차기작부터 차차기작, 그 후기작까지 연이어 러브콜을 받았다.

이곳 쇼에 참석한 사람들 중에는 영화관계자는 물론이고 투자자들까지 대거 몰려 있었다.

그리고 특수효과 팀 역시 앞으로 족히 열 개는 될 법한 영화의 연출에 낙점되었다.

늦은 밤, 전시회의 뒤풀이가 열리고 있다.

쿵짝, 쿵짝!

하오하오 공원에서 열린 맥주 파티엔 일반 시민은 물론이고 행사 관계자들까지 모두 모여들어 축제를 즐겼다.

라일라는 자신의 생각보다 더 훌륭하게 쇼를 마무리 지은 그녀에게 감사와 사과의 인사를 건넸다.

"쿠로이사 씨, 미안합니다. 제 생각이 짧았네요."

"아니에요. 저야말로 운이 좋아서 일이 잘 풀린 것뿐이니 당신에게 미안할 따름이네요."

두 사람은 맥주잔을 기울였다.

"한잔할까요?"

"좋죠!"

전시회를 성황리에 마친 두 사람이 맥주를 넘기고 있는 동안, 태하는 각계의 인사들을 만나느라 정신이 없었다.

나나리가 그런 그를 바라보며 말했다.

"참 매력적인 남자군요."

"……?"

"엑트린 회장님 말이에요. 사업가로도 충분히 매력이 있지만 남자로선 더 매력 있는 것 같네요."

"…그런가요?"

"올해로 엑트린 회장님의 나이가 몇이죠?"

"30대 중후반입니다."

"으음, 그렇다면 저와는 대략 4~5년 정도 차이가 나겠군요. 뭐, 이 정도 나이면 딱 좋군요."

라일라는 조금 누그러진 경계심을 다시 구축했다.

"…뭐가 딱 맞습니까?"

"아니, 연애를 하기에 딱 좋은 나이라고요."

나나리는 슬그머니 미소를 지으며 그녀에게 물었다.

"솔직히 말해봐요. 당신도 처음부터 내 프로젝트가 될 것을 알고 있었죠?"

"뭐요?"

"블루오션을 공략하자는 당신 회장님의 견해는 원래 당신의 신조 아니었을까요? 아무리 회장님이라고 해도 당신 생각을 전혀 하지 않았을 리가 없어요."

"……."

"제 생각엔 당신이 회장님을 좋아해서 일부러 프로젝트를 엎어버리려 한 것 같은데요?"

라일라는 자신을 짝사랑에 눈이 먼 여자로 몰아가는 그녀에게 발끈해서 말했다.

"내가 그렇게 감성적이고 물렁물렁한 여자 같아요? 천만의 말씀!"

"아아, 그래요?"

그녀는 라일라에게 단도직입적으로 말했다.

"뭐, 좋아요. 그럼 내가 회장님과 연애를 시작해도 상관없겠네요?"

"……!"

"저나 회장님이나 이제 슬슬 결혼을 생각할 나이가 되었잖아요? 더군다나 두 사람의 살림을 합치면 꽤 괜찮은 회사가 탄생할 것 같기도 하고요."

"…하고 싶은 말이 뭡니까?"

"지금 하고 있잖아요. 회장님과 연애를 시작할 것이라고요.

저는 요점부터 말하는 성격이에요. 빙빙 돌려서 말하는 것을 상당히 싫어하죠."

그녀는 라일라에게 뼈에 깊숙이 자리 잡은 소리를 내던졌다.

"나는 지금 당장에라도 회장님께 공개 키스를 할 수 있어요. 원하신다면 PK호텔에 함께 투숙할 수도 있죠. 나는 그만큼 적극적인 성격이란 말이에요."

"……."

"어때요? 당신은 어떤 성격이죠?"

라일라는 더 이상 그 어떤 말도 할 수가 없었다.

그러자 그녀는 성큼성큼 태하를 향해 걸어가기 시작했다.

"그럼 당장 엑트린 회장님께 연애를 시작하자고 말을 걸어볼까요?"

"…잠깐!"

그녀는 나나리의 손목을 확 낚아채 더 이상 앞으로 나아갈 수 없게 만들었다.

나나리는 자신을 제지한 그녀에게 웃는 낯으로 말했다.

"지금까지 꽤 많은 여자들이 회장님의 곁을 맴돌았겠군요. 어쩌면 대놓고 대시한 사람도 있겠고요."

"……."

"그 사람들 다 막아내느라 수고했어요."

"무슨 꿍꿍이입니까?"

"걱정하지 말아요. 정말 공개 키스를 할 생각은 없으니까요. 하지만……."

그녀는 라일라의 손을 떼어낸 후 대하에게 다가갔다.

그리곤 살며시 팔짱을 끼며 말했다.

"한잔하시죠? 오늘 같은 날엔 회장님이 한턱내야 하는 것 아닌가요?"

"여기서 마시지요. 맥주도 술입니다. 많이 마시면 취한다고요."

"호호, 그런가요?"

"배가 터질 때까지 마셔도 아무도 뭐라고 하지 않습니다. 오늘 한번 맥주 마시고 취해봅시다."

"좋아요!"

"……."

라일라는 그저 멀리서 태하를 지켜보고 있을 뿐이었다.

7. 미아 찾기

뉴욕 브룩클린 외곽의 한 야적창고.

부르르르릉!

한국제 승용차 한 대가 미끄러지듯이 들어오더니 이내 야적창고의 문을 열고 들어섰다.

철컹!

승용차 안에는 검은색 복면을 쓴 사내 네 명이 앉아 있고, 트렁크에선 계속 의문의 소리가 들려왔다.

쿵쿵! 쿵쿵!

"아저씨, 제발 좀 꺼내주세요! 말 잘 들을게요!"

"…빌어먹을 꼬맹이 같으니, 말도 참 더럽게 많군."

대략 7~8세가량 되는 것 같은 여자아이의 목소리는 너무나도 다급하게 느껴졌다.

하지만 그런 꼬마 아이의 절규에도 불구하고 사내들은 귀찮다는 듯이 짜증을 부렸다.

쾅!

"시끄러워! 한 번만 더 떠들면 확 브룩클린 앞바다에 버려 버리는 수가 있어!"

"……."

그제야 좀 잠잠해진 꼬마 아이로 인해 사내들은 다시 평안을 되찾은 것으로 보였다.

이들 중 가장 나이가 많은 사내가 좌석에서 내려 야적창고 한 귀퉁이에 있는 공중전화로 다가섰다.

이곳은 상당히 오래된 창고이지만 여전히 공중전화 회선이 살아 있어서 동전만 있다면 전화를 걸 수 있다.

하지만 그는 동전을 넣는 대신 수신자 부담 서비스로 전화를 걸었다.

뚜우—

초당 15센트의 통화료가 발생하는 비교적 부담스러운 서비스의 전화이지만 상대방은 신호가 채 울리기도 전에 받았다.

—여, 여보세요?

"…아이를 찾고 싶습니까?"

—누, 누구세요? 우리 아이를 데리고 있나요?

"미아라……. 이름이 참 예쁘더군요. 듣자 하니 엄마와 떨어져 산다던데, 결손가정은 불량 청소년을 양산하는 주범입니다. 정신 좀 차려요."

—저, 정신 차릴게요! 그러니 제발 내 딸만은 해치지 말아주세요!

"후후, 해치지 않아요. 우리의 명령에 따르기만 한다면 말이죠."

—워, 원하는 것을 말씀해 주세요! 무엇이든 들어드릴게요!

"그래요. 그래야 딸이 살아요. 엄마가 아주 현명해서 좋아요."

—흑흑, 우리 딸의 목소리를 좀 들을 수 있을까요?

"으음, 그건 안 됩니다. 내가 원하는 금액의 1/10을 전달 받으면 목소리를 들려드리겠습니다. 그전에는 절대로 통화할 수 없어요."

—하, 하지만…….

"명심하세요. 내가 원하는 금액의 1/10입니다."

그는 이제 자신이 원하는 금액을 부르려 했지만, 곧바로 누군가 전화를 바꾸어 받았다.

—이보쇼, 납치자 양반.

"…누구십니까?"

—아이의 삼촌이요.

"아아, 삼촌. 아이에게 삼촌이 있던가요?"

—정확히는 당숙이라고 해두죠.

"당숙이라……. 그런데 당숙이 갑자기 왜 전화를 바꾸었습니까? 아이가 죽는 꼴을 보고 싶습니까?"

—아이가 죽는 것은 원치 않소. 하지만 아이가 무사해야 돈을 주든 말든 할 것 아니요. 우리도 뭔가 확신이 있어야 움직이지. 안 그래요?

"흠……."

—당신이 원하는 것은 돈, 내가 원하는 것은 아이의 목소리. 그러니 등가교환이 되어야 우리가 움직이지 않겠소?

처음엔 조금 불편한 듯이 얼굴을 일그러뜨렸지만 그는 이내 수화기 너머의 말에 수긍했다.

"좋습니다. 아이의 목소리를 들려드리지요."

—잘 선택한 거요.

"하지만 조건이 있습니다."

—말씀하시오.

"아이의 목소리를 먼저 들려주는 대신 우리가 원하는 금액의 세 배를 받아야겠습니다."

—얼마를 원하시오?

“300만 달러. 그것도 모두 현금으로 준비하십시오.”

—…갑자기 그런 큰돈을 어떻게 마련하란 말이오?

“그거야 내 알 바 아니지. 돈을 준비할 거요, 말 거요?”

잠시 고민하던 사내는 이내 그의 조건을 수락하기로 했다.

—좋소. 300만, 현금으로 드리리다.

“또 한 가지 조건, 경찰에는 알리지 않는 편이 좋을 겁니다.”

—내가 그렇게 바보 같소? 300만 달러 줄 테니 아이만 무사히 넘겨주시오.

“…300만 달러가 아깝지 않은 모양입니다?”

—집을 팔든 차를 팔든 장기를 팔던 일단 아이는 살리고 봐야 할 것 아니오. 이 세상에 돈 아깝지 않은 사람은 없소. 하지만 돈보다 더 중요한 것도 있게 마련이지.

“뭐, 좋습니다. 당신이 어떻게 생각하든 돈만 받으면 그만이니까.”

—좋은 자세요. 나는 당신에게 돈만 전해주고 나면 더 이상 아무런 악감정도 갖지 않을 것이오. 그러니 제발 아이만은 무사히 살려서 데려와주시오.

“그 얘기는 만나서 다시 하도록 하죠.”

—뭐, 그럽시다. 돈을 전달해야 할 텐데, 어떻게 전달하면 되겠소?

"매사추세츠에서 만나죠. 자세한 장소는 추후에 다시 고지하겠습니다."

—알겠소. 매사추세츠.

이윽고 그는 전화를 끊고 다시 차를 타고 창고를 빠져나갔다.

*　　*　　*

영국 램튼팜.

지금 이곳에선 때 아닌 눈물바람이 일고 있었다.

"흑흑, 우리 미아, 어떻게 하지?"

"…진정해. 아직 미아가 죽은 것 같지는 않아. 돈도 받지 않았는데 아이부터 죽일 리가 없어."

"그래도……."

태하의 사촌동생 태주의 딸 미아가 의문의 사내들에게 납치를 당하고 말았다.

지금 태하는 발 빠른 대처로 그녀를 찾고 있었지만 이미 증발해 버린 아이를 찾기란 쉽지 않은 일이었다.

처음 전화를 걸었던 그들은 미아를 데리고 있다는 것만 알리고선 전화를 끊어버렸다.

때문에 지금 태주는 거의 미쳐가는 상태로 전화를 기다리고 있었다.

마른하늘에 날벼락이었으나 어떻게든 이 사태를 수습해 보려는 태하이다.

그는 미아의 아버지에 대해 물었다.

"미아 아빠는 지금 어디 있어?"

"사우스캐롤라이나로 출장 갔대."

"출장? 이 시국에 출장을 갔다고?"

"이제 막 뉴욕으로 올라오는 길이래."

"…하여간 끝까지 말썽이군."

처음부터 태주를 썩 마음에 들어하지 않던 그는 미아 역시 제대로 돌보지 않았으며 가정 역시 등한시했다.

몇 번이고 그를 두들겨 패주려고 마음먹은 태하이지만 출가외인에 사촌동생인 태주의 일에 깊이 관여할 수가 없었다.

태주는 어린 나이에 미국으로 시집간 후 3년 만에 그렇게도 원하던 딸을 얻었다.

하지만 결혼 생활이 파탄지경에 이르면서 아이를 친부에게 빼앗기고 몸만 한국으로 날아왔다.

당시 태주에겐 약간의 우울증과 신경쇠약이 있었기 때문에 법원에선 친부의 손을 들어주었다.

그렇게 아이와 생이별을 한 후 집안까지 망하면서 그녀의 정신은 황폐해지기 시작했다.

그러던 도중에 태하를 만나고 생활에 안정을 되찾으면서 정신이 조금씩 회복되어 가는 중이었다.

한데 그녀의 딸 미아가 돌연 납치를 당하면서 태주의 신경쇠약이 서서히 고개를 들고 있었다.

태하는 애써 그녀를 진정시키며 말했다.

"불안해하지 마. 라일라와 에밀리아가 이미 미국으로 날아갔어. 그리고 어디서 전화를 걸었는지에 대해서도 추적하고 있고."

"흑흑, 그렇지만 수신자 부담으로 전화를 걸었잖아? 어떻게 추적한다는 거야?"

"다 방법이 있어. 그러니 너무 걱정하지 마."

"…알겠어."

일단 전화를 건 공중전화만 찾고 나면 우태가 사라진 미아의 흔적을 따라서 추격을 시작할 것이다.

그는 시야를 포기하는 대신 감각이 극도로 발달했기 때문에 아주 약간의 냄새만으로도 사람을 추격할 수 있었다.

하물며 공포에 질려 식은땀을 줄줄 흘리고 있을 미아의 흔적은 생각보다 손쉽게 찾을 수 있을 터였다.

태하는 사시나무 떨 듯이 몸을 떨고 있는 태주의 손을 꼭 잡아주었다.

"울지 마. 우리가 반드시 놈을 잡아서 처단하고 말 테니까."

"…꼭 부탁해."

이윽고 그는 태린에게 태주를 부탁하며 길을 나섰다.

"태린아, 태주를 잘 부탁한다."

"알겠어."

태하는 이 집을 든든히 지키고 있던 실버를 대동했다.

"가자, 실버."

크르르룽!

우태의 감각을 보조해 줄 실버가 있다면 범인을 잡는 데 큰 도움이 될 것이다.

그는 실버를 대동한 채 미국으로 향했다.

* * *

미국 브룩클린 산트리나 초등학교.

땡땡땡!

오늘도 산트리나 초등학교에는 시끌벅적한 종소리와 학생들의 웃음소리가 끊이지 않고 있었다.

하지만 학우 한 명이 사라져 버린 1학년 C반의 학생들은 침울한 분위기 속에서 수업을 이어나가고 있었다.

태하는 이제 막 쉬는 시간으로 접어든 C반을 찾아갔다.

미아의 담임이자 초임교사 제이는 이번 납치사건이 모두 자신의 탓이라고 말했다.

"…방과 후 서클 활동을 시작하려는데 아이가 없어졌어요. 서클 활동은 해당 교사의 책임인데 아이가 없어졌으니 제가 그 책임을 져야겠지요."

"그래요. 책임은 져야겠지요. 하지만 일단 아이부터 찾아야 합니다."

"그건 그렇죠."

태하는 공중전화의 발신지를 추적하는 한편, 미아가 사라진 당시 상황에 대해서 조금 더 자세히 알아보기 위해 이곳을 찾았다.

그녀는 태하의 질문에 아주 조심스럽게 대답을 이어나갔다.

"미아가 서클 활동에 나서던 때, 부에선 무슨 활동을 하고 있었습니까?"

"우리는 과학부입니다. 과학상자를 조립하고 있었습니다."

"과학상자라……."

"이번에 열릴 과학상자 올림피아드에 참가하기 위해 모든 학생이 며칠 동안 열심히 조립에 열중하고 있었지요. 미아는 우리 서클의 대표로서 동력장치로 움직이는 공룡을 만들어 출품할 예정이었습니다."

"미아의 솜씨가 꽤나 좋았던 모양이지요?"

"손으로 하는 것은 무엇이든 다 잘했어요. 그리고 수학도 곧잘 했고요."

"그렇군요."

제이는 아주 신이 나서 미아의 자랑에 나섰다.

"그리고 피아노에도 소질이 있어요. 바이올린도 잘 켜고요. 체육시간에는 무조건 학급 최고 성적을 거두곤 했죠."

"팔방미인이군요."

"네, 맞아요. 미아는 못하는 것이 없는 우등생이에요. 그래서 학교에서도 꽤나 인기가 많았어요."

"그럼 평소에도 가장 눈에 띄는 아이겠군요?"

"물론이죠. 어디를 가도 항상 눈에 띄어요. 그래서 아이의 소재는 10분 안에 파악이 가능할 정도였답니다."

"흠……."

미아가 사라진 시각으로 추정되는 때는 오후 2시 30분 경, 그러니까 방과 후 서클 활동이 한창일 시각이었다.

그런데 멀쩡하게 교실에 앉아 있던 미아가 갑자기 먼지처럼 사라져 버린 것이다.

태하는 당시 미아를 보았다는 학생에 대해 물었다.

"미아가 사라지는 마지막 순간에 함께 있던 학생이 누구라고요?"

"단짝친구인 엘리예요. 엘리는 미아와 매일 함께 붙어 다닐 정도로 사이가 좋죠."

"그때 역시 엘리가 마지막까지 미아와 함께 있었고요?"

"엘리의 말에 의하면 그렇죠."

"그렇군요. 잘 알겠습니다."

이제는 엘리를 만나기 위해 자리에서 일어서려던 태하는 그녀의 책상 서랍 틈바구니를 비집고 나온 고지서 봉투들을 발견했다.

그녀의 책상은 안 그래도 정리가 그리 깔끔하게 되어 있지는 않았고 서랍 안은 잡다한 봉투로 가득 차 있는 것 같았다.

'깔끔하지 못한 성격이군.'

태하는 그런 그녀를 뒤로한 채 엘리를 만나러 걸음을 옮겼다.

* * *

점심시간, 태하는 홀로 식사를 하고 있는 엘리에게 다가갔다.

"안녕?"

"…누구세요?"

"나는 미아의 삼촌 카미엘이라고 해."

"삼촌……."

"미아 엄마의 오빠라고나 할까?"

그녀는 고개를 끄덕였다.

"그렇군요."

"잠깐 얘기 좀 할 수 있을까?"

"그러세요."

태하가 기억하기론 미아의 성격이 상당히 극성맞았다.

그런데 의외로 그녀의 친구는 무척이나 차분하고 말수도 별로 없는 것 같았다.

원래 친구는 비슷한 성향끼리 모여 집단을 이루게 마련인데, 이 경우엔 서로 극명히 다른 두 친구가 만나 단짝이 된 것 같았다.

태하는 천천히 두 사람의 관계부터 조사하기로 했다.

"엘리는 미아와 얼마나 친했어?"

"친구예요."

"선생님 말로는 아주 친하다고 하던데?"

"…친한 사람은 친구를 지칭하는 말인가요?"

"뭐, 그렇다고 볼 수 있지. 보통은 친한 사람끼리 친구가 되니까."

엘리는 다소 애매한 대답을 내어놓는다.

"친해서 친구인지는 몰라도 미아와 저는 친구라고 들었어요."

"들었어? 누구에게?"

"선생님이 같은 반에 있는 아이들은 전부 다 친구라고 하더군요."

"음, 그래?"

어쩌면 이 시기의 아이들에겐 친구라는 존재에 대한 정의가 제대로 내려지지 않을 수도 있을 터이다.

그렇게 따지면 엘리의 반응은 절반쯤 정상이라고 볼 수 있었다.

하지만 이 나이 때의 단짝친구 경우엔 생각보다 깊은 유대감이 생겨서 자신의 진심을 털어놓기도 한다.

태하는 자신이 아는 한 친구의 정의에 대해서 설명했다.

"아저씨가 생각하는 친구란 아주 소중한 사람 같아."

"소중한 사람? 우리 엄마가 아끼는 핸드백처럼요?"

"하하, 뭐 그럴 수도 있지. 하지만 친구는 핸드백이나 자동차보다 훨씬 더 소중해. 어떤 사람은 자신의 목숨과 친구를 바꾸는 경우도 있지."

"……."

"물론 목숨을 다 바쳐도 평생 친구 하나를 얻지 못하는 경우도 있지."

"…복잡한 얘기네요."

"친구란 복잡하면서도 간단한 존재야. 서로 믿음과 신뢰가 없으면 유지하지 못하는 관계이지만 한번 형성되면 잘 깨지지 않기도 하지."

"그렇군요."

이 어린아이에게 우정에 대해 설명하기란 쉽지 않은 일이었다.

그는 거두절미하고 미아가 사라진 경위에 대해서 물었다.

"그나저나 미아에 대해서 묻고 싶어. 미아가 사라지던 날 넌 어디에 있었어?"

"화장실이요."

"화장실?"

"미아와 우연히 화장실을 함께 갔어요. 그리고 우연치 않게 화장실에 휴지가 없어서 미아에게 부탁했어요. 화장지 좀 달라고요."

"그랬더니?"

"…그런데 10분이 지나고 20분이 지나도 미아는 대답이 없었어요. 결국 저는 엉거주춤한 자세로 화장실을 나와 옆 칸으로 걸어갔죠."

엉거주춤한 자세까지 아주 세세히 묘사하는 엘리에게 태하가 계속해서 물었다.

"그래서? 그래서 어떻게 되었어?"

"원래 제 옆 칸에는 미아가 있었는데 다시 보니 없었어요.

문은 열려 있고 책가방만 놓여 있었지요."

"책가방?"

"네, 책가방이요."

태하는 고개를 갸웃거렸다.

"원래 미국의 초등학생들은 화장실에 갈 때 책가방을 가지고 다니니?"

"보편적으로 가방을 갖고 다니느냐고 묻는 건가요?"

"그렇지."

엘리는 고개를 가로저었다.

"아니요. 보통은 그렇지 않아요. 거추장스러우니까요."

"흠……."

그녀의 말에 근거한다면 애초에 미아는 화장실을 잠깐 들른 것이 아니라 하교할 목적으로 가방까지 가지고 나온 모양이었다.

그렇다면 미아는 분명 담임에게 자신의 하교를 통보했을 것이다.

학급에서 톱의 인기를 구가할 정도로 모범생에 우등생인 미아가 함부로 서클 활동을 빼먹고 무단으로 하교할 리는 없기 때문이다.

이제 태하는 그날 미아에게 무슨 일이 있었는지 더 자세히 알아봐야 할 것 같았다.

그는 엘리에게 초콜릿을 하나 건넨다.

"아몬드와 호두가 들어 있어. 혹시 견과류 좋아해?"

"잘 먹어요."

"별건 아니지만 선물로 받아줄래?"

"주시면 먹을게요."

그리고 태하는 엘리에게 명함을 건네며 말했다.

"이 명함을 잘 간직하고 있다가 무슨 일이 생기면 전화해."

"알겠어요."

"아참, 그리고 이 명함은 절대로 선생님께는 드리지 말거라. 꼭 부모님이나 가족들에게 전해줘."

엘리는 이해할 수 없다는 듯이 고개를 갸웃거렸다.

"왜요? 선생님은 우리의 보호자인데요."

"보호자이긴 하지. 하지만 가족은 아니잖아?"

"이 명함은 가족들에게만 주는 건가요?"

"그렇다고 해둘게."

"알겠어요."

이윽고 태하는 엘리를 뒤로하고 통신사로 향했다.

* * *

미국의 이동통신사 YOP텔레콤 뉴욕지사를 찾은 태하는 이곳에서 미아의 통신 기록을 조회하기로 했다.

미아의 보호자인 아버지가 아이의 프라이버시를 침해한다는 이유로 통신 기록 조회를 거부했으나, 그는 라일라의 지인을 통해 어둠의 경로로 조회할 생각이다.

다소 딱딱하게 굳은 얼굴의 라일라가 자신의 지인인 YOP텔레콤 마이클 페더슨 부장에게 미아의 정보 내역을 건넸다.

"…조회 좀 부탁해요."

"알겠습니다."

그는 컴퓨터에 미아의 정보를 입력했다.

타다다다닥!

그러자 최근 한 달 동안 미아가 사용한 핸드폰 사용 내역이 로드되기 시작했다.

데이터가 로드되는 30초 동안 그가 태하와 그녀에게 물었다.

"그나저나 두 사람은 무슨 관계인가요? 애인?"

태하는 그의 질문에 아주 넉살 좋은 미소로 답했다.

"에이, 그럴 리가 있습니까? 우리는 그냥 동료입니다. 오히려 좋은 남자 있으면 소개시켜 주고 싶은 심정이군요."

"아하하! 그렇군요!"

"……."

너무나도 해맑은 그의 웃음에도 라일라는 여전히 딱딱한

태도로 일관했다.

"쓸데없는 소리 그만하고 핸드폰 사용 내역이나 주시죠."

"험험, 알겠어요."

순식간에 합죽이가 되어버린 마이클은 미아가 최근에 사용한 핸드폰 사용 내역을 두 사람에게 공개했다.

"이겁니다. 잘 한번 살펴보시죠."

태하는 이내 장난스러운 표정을 싹 지운 후 그녀의 핸드폰 사용 내역에 집중하기 시작한다.

8월 3일 09시 발신 내역:로버트 노스필드

8월 3일 10시 발신 내역:로버트 노스필드

8월 3일 11시 발신 내역:로버트 노스필드

8월 3일 14시 발신 내역:제이 맥켈린

발신 내역을 살피던 태하는 미아가 사라지기 전 담임과 전화를 주고받은 것을 알 수 있었다.

그러니까 미아는 담임의 전화를 받고 난 후 감쪽같이 사라진 것이다.

"이상하군요. 담임은 그때 서클 활동을 하고 있었다고 했어요. 그런데 어째서 미아와 전화를 주고받은 것일까요?"

"그러게 말이죠. 어째서 바로 앞에 있는 학생에게 전화를 걸었을까요?"

바로 그때, 태하에게 전화가 걸려왔다.

따르르르릉!

"네, 카미엘 엑트린입니다."

—사부님, 우태입니다.

"그래, 알아봤나?"

—예, 범인의 흔적을 찾았습니다.

"지금 그들은 어디에 있는 것 같나?"

—사우스캐롤라이나에 있습니다.

"이상하군. 약속 장소는 분명 북쪽인데 왜 남쪽으로 내려갔을까? 가까운 거리도 아닌데 말이야."

—뭔가 사정이 있겠지요.

"거참……."

바로 그때, 태하의 고개가 아주 살짝 옆으로 기울었다.

"사우스캐롤라이나라……."

"왜요? 그곳에 아는 사람이라도 있습니까?"

"미아의 아버지가 그곳에 있어."

"우연이군요."

"그러게 말이야."

태하는 마이클에게 다시 한 번 전화 사용 내역을 조회하도록 부탁했다.

"잠깐, 마이클 씨. 부탁 하나만 더 합시다."

"뭔가요?"

"로버트 노스필드에 대한 통신 기록을 좀 알아봐 줄 수 있습니까?"

"아이의 아버지라는 사람 말입니까?"

"네, 그래요. 그 사람 말입니다."

"좋습니다."

타다다다닥.

그는 컴퓨터 자판을 두드려 로버트 노스필드에 대한 정보를 입력했고, 이내 그 자료가 차례대로 떠올랐다.

마이클은 로버트에 대한 정보를 조회한 후 의아하다는 듯이 말했다.

"회선이 네 개군요."

"개인 회선이 네 개나 된다고요?"

"법인회사를 설립한 대표이사들은 가끔 핸드폰을 하나 이상 사용하곤 하지만 네 개까지 사용하는 경우는 드뭅니다."

"놈은 대학교수인데요?"

"그럼 조금 수상하다고 볼 수 있군요."

"…이 자식, 아주 가지가지 하는군."

"어떤 회선을 검색해 볼까요?"

"다 검색해 주십시오."

"그럽시다, 그럼."

이윽고 핸드폰 사용 내역을 정밀 조회해 보니 네 개의 회선이 접촉한 핸드폰은 상당히 많았지만, 그중에 유독 두 개의 회선은 각각 하나의 발신번호만 수, 발신한 것을 알 수 있었다.

"하나는 제이 맥컬린과 지속적으로 통화했고, 나머지 하나의 회선은 중국인 명의로 된 핸드폰과 접촉했군요."

"흠……."

"아무래도 뭔가 좀 이상하군요."

"그렇지?"

"일단 남쪽으로 내려가 보자고. 범인들을 잡고 나면 뭔가 확실히 드러나겠지."

"그러시죠."

태하는 서둘러 사우스캐롤라이나로 향했다.

*　　　*　　　*

사우스캐롤라이나대학 캠퍼스.

이곳은 로버트가 인문대 교수로 재직하고 있는 곳이며, 태주가 유학하면서 석사 학위를 취득한 곳이기도 하다.

두 사람은 사우스캐롤라이나대학 컬럼비아 캠퍼스에서 조

교수와 학생으로 만나 결혼까지 성공한 커플이었다.

하지만 로버트는 애초에 태주의 가문을 보고 접근한 것이고, 교수로 임용되자마자 그녀를 버리고 새 출발을 했다.

태하는 우태와 함께 사우스캐롤라이나대학 컬럼비아 캠퍼스를 찾았다.

"…이곳이 범인들이 있는 곳이라고?"

"예, 사부님. 이곳이 확실합니다."

그는 로버트가 휴식을 취하거나 논문을 작성하는 연구실 창문 너머에 있는 주차장에 서 있었다.

지금 그는 네 사람과 함께 대화를 나누고 있었는데, 그중 한 사람은 황인이었다.

그는 전화기를 들어 로버트가 사용하던 원래 전화로 통화를 시도했다.

그러자 그의 아주 까칠까칠하고도 날이 바짝 선 목소리가 들렸다.

지금 태하는 태주의 변호사로 알려져 있는데, 그런 그를 달가워할 리 없는 로버트였다.

—…전화하지 말라고 몇 번이나 말했을 텐데요?

"지금 아이가 없어졌는데 전화를 하지 말라는 소리가 무슨 궤변입니까? 지금 어디예요?"

—어디긴요, 뉴욕으로 가는 길이죠. 아무튼 내 아이는 내

가 알아서 찾아요. 그러니 당신은 그냥 가만히 앉아서 구경이나 하시죠.

"……."

—더 할 말 없으면 이만 끊겠습니다.

뚝.

그의 말대로라면 지금 이곳엔 로버트라는 사람이 있으면 안 된다.

태하는 아주 작은 의구심을 확신으로 바꾸었다.

"…저놈들이 확실한 것 같군."

"어떻게 할까요?"

"죽이지 말고 생포해서 경찰서로 데리고 간다. 그리고 저 로버트라는 자식은… 내가 알아서 처리하도록 하지."

"예, 알겠습니다."

순간 우태는 귀영보를 밟아 로버트의 연구실 창문을 깨부수고 안으로 돌입했다.

파바바밧!

쨍그랑!

"허, 허억!"

"누구요?"

"…알 것 없다. 조용히 입 다물고 경찰서로 가는 편이 좋아."

네 사람은 즉시 총을 꺼내 들었지만 그것을 발포할 수가 없었다. 우태가 그들이 검지로 방아쇠를 당기기 전에 총과 함께 검지를 잘라 버렸기 때문이다.

서걱!

"끄, 끄아아아악!"

"다, 당신, 뭐 하는 사람이야!"

"그거야 차차 알아가면 될 것이고."

잠시 후, 태하는 깨져 버린 창문을 발로 지그시 밟고 연구실 안으로 들어섰다.

지금 그는 원래대로 얼굴을 바꾸었는데, 로버트는 아연실색하며 그를 바라보았다.

"기, 김태하!"

"죽은 사람을 보니 겁을 먹었나?"

그는 로버트의 목덜미에 검을 들이대며 물었다.

챙!

"허, 허억!"

"아이는 지금 어디에 있나?"

"그, 그걸 내가 어떻게 압니까?"

"아아, 그래?"

이번에 태하는 검지가 잘린 중국인의 귓불을 칼로 그어버렸다.

좌락!

"끄아아아아악!"

"아이는 어디에 있지?"

"……."

공포에 질린 중국인 남성은 극도의 흥분을 이기지 못해 자신도 모르게 입을 열고 말았다.

"주, 주차장에 서 있는 빨간 차! 빨간 차 트렁크에 있습니다!"

"이, 이런 빌어먹을!"

로버트는 모든 것이 뜻대로 풀리지 않자 이내 주머니에서 총을 꺼내 들었다.

철컥!

"우, 움직이면 죽일 거다!"

"…인간 망종 같은 새끼, 하다하다 이제는 제 새끼까지 납치해서 돈을 뜯어내려 해?"

태하는 그대로 로버트의 손목을 날려 버렸다.

좌륵, 까앙!

"크아아아아악!"

"어차피 쓸모없어질 손모가지다. 없어진다고 어떻게 되지 않아."

그는 고통에 몸부림치는 그의 뒷덜미를 후려쳐 기절시켜 버린 후 그를 차로 옮기기로 했다. 그러면서 재빨리 주차장에 서 있던 빨간색 승용차의 트렁크를 열었다.

딸깍!

그러자 그 안에선 땀과 눈물로 범벅이 된 미아가 모습을 드러냈다.

"흑흑……."

"미아, 삼촌이야. 태하 삼촌."

"……?"

고개를 갸웃거리던 미아는 은발의 태하를 알아보곤 이내 두 팔을 벌려 안겼다.

"삼촌!"

"그래, 미아야. 삼촌이야."

"흑흑, 무서웠어요!"

"알아. 하지만 이 삼촌이 구하러 왔으니 이젠 걱정하지 않아도 된단다."

"…그런데 삼촌은 이미 돌아가셨다고 들었는데……."

"아니, 난 죽지 않았어. 일련의 사정이 있어서 그렇게 되었단다."

"그렇군요."

태하는 쓰러져 있는 로버트의 얼굴을 천으로 가린 채 말했다.

"삼촌은 이 나쁜 아저씨를 벌하러 가야 해. 그러니 미아는 경찰 아저씨들과 함께 엄마를 찾아가. 알겠지?"

"…같이 갈 수는 없어요?"

"그럴 순 없단다. 할 수 있지?"

"네……."

그는 이내 자신이 타고 온 차를 타고 공항으로 향했다.

* * *

그린란드 북부에 위치한 사설 감옥.

휘이이이잉!

여전히 을씨년스러운 바람이 부는 이곳에 또 다른 감옥이 하나 신설되었다.

"사, 살려주십시오! 다시는 그런 말도 안 되는 짓을 하지 않겠습니다!"

"네놈은 어차피 감옥에 들어가 봐야 정신도 못 차려. 그럴 바엔 이곳에서 개과천선하는 편이 낫지."

"흑흑!"

로버트는 사설 도박에 빠져 대한그룹에서 지급해 준 고액의 양육비를 전부 다 탕진하고도 무려 200만 달러라는 빚을 지게 되었다.

그는 도박에 빠져들었을 때쯤 미아의 담임인 제이와 내연관계에 있었는데, 그녀와 짜고 미아를 납치하여 돈을 뜯어낼 계획을 세웠다.

그 과정에서 중국인 불법체류자 네 명을 포섭하여 납치에 동원하고 본격적으로 납치극을 벌인 것이다.

태하는 제이가 납치극에 가담했다는 정황을 모두 포착하여 경찰에 넘겼고, 로버트는 사설 감옥으로 데리고 왔다.

앞으로 미아가 살아가는 데 로버트는 걸림돌만 될 뿐 별다른 도움이 될 것 같지가 않았다.

그는 로버트에게 이곳에 갇혀 있어야 할 기한에 대해 설명했다.

"태주 모녀가 자리를 잡을 때까진 이곳에 면회 없이 갇혀 있어야 할 것이며, 그녀들이 너를 심판할 수 있는 시기가 된다면 그 뜻에 따라 다시 처벌할 것이다."

"…그, 그게 언제입니까?"

"미아가 성인이 되는 날이겠지?"

"아, 안 됩니다! 제, 제발……!"

"죄를 지은 자는 벌을 받는다. 잘 살아라."

태하는 감옥의 뚜껑을 덮어버렸고, 이제 그는 감방 메아리를 벗 삼아 12년 동안 살아가게 될 것이다.

8. 이성칠의 진실

베트남 하노이의 한 호텔.

태하가 유주를 만나러 왔다.

"이성칠 씨는 좀 어때? 어떻게 지내고 있어?"

"글쎄, 그의 사생활까지 내가 간섭할 권리는 없어서 잘 모르겠어."

"하긴, 다 큰 사람의 사생활을 침해하는 것은 있을 수 없는 일이지. 그건 귀순이 아니라 억류겠지."

태하는 호텔 라운지로 그녀를 끌고 갔다.

"잠깐 커피라도 한 잔 하자."

"뭐? 갑자기 안 마시던 커피는 왜?"

"그냥 좀 할 말이 있어서."

유주는 태하의 커피를 마시자는 소리가 무슨 의미인지 잘 알고 있었다.

그래서 자신을 수행하던 검찰청 조사관들을 물렸다.

"호텔 1층에 보니 사우나가 있더군요. 그곳에서 몸이나 좀 풀고 계세요."

"알겠습니다."

이윽고 유주는 태하를 데리고 스카이라운지로 향했다.

"중요한 얘기인 모양이지?"

"그냥 너와 모처럼 화기애애한 시간을 좀 갖고 싶어서."

유주는 실소를 흘렸다.

"퍽이나. 지나가던 개가 웃겠다."

"…내가 그렇게나 여유가 없는 사람이었던가?"

"무척이나."

"그, 그렇군."

그녀는 태하와 함께 엘리베이터를 타고 올라가며 물었다.

"그나저나 매일 함께 오던 라일라는 어디로 갔어?"

"라일라? 좀 바쁘대."

"바빠? 아무리 바빠도 네 개인 비서를 자처하던 그 아가씨가?"

태하는 어색한 미소를 지었다.

"…나도 잘 모르겠어. 요즘 무슨 일이 있나? 자꾸 나를 피하는 것 같아."

"그래?"

"저번에 패션쇼가 끝나고 난 후부터 계속 나를 피하는 것 같더라고."

"으음, 왜 그러지? 혹시 돈 떼먹고 안 갚았어?"

"내가 무슨 애냐? 돈이나 꾸고 다니게."

"그럼 왜 토라진 거지?"

"에이, 토라지긴, 그럴 일 절대로 없어. 다른 사람도 아니고 라일라가 토라진다는 것은 있을 수 없는 얘기야."

"으음……."

잠시 그녀에 대한 이미지를 머릿속에 그리던 유주는 태하와 같은 결론을 내렸다.

"아마도 언짢은 일이 있거나 그날일 수도 있겠어. 라일라가 토라질 사람은 아니지."

"그래, 맞아. 심지어 그녀는 감기에 걸려도 속으로 기침을 삼키는 여자라고."

"하긴."

두 사람은 이내 대화를 나누기 위해 스카이라운지에 발을 들였다.

*　　　*　　　*

영국 BS그룹 본사.

슥슥슥.

라일라는 그동안 밀린 결재서류와 씨름하며 하루를 보내고 있었다.

똑똑.

“총괄이사님, 에밀리아입니다.”

“들어와.”

현재 라일라의 직책은 총괄이사이고 직급은 사장이다.

에밀리아는 전무이사의 직급에 그룹 조정실장을 역임하는 중이었다.

그녀는 그룹 내부에 있던 각종 사고들을 접수하고 그것에 대한 처리 결과를 라일라에게 보고하려는 것이다.

라일라는 그녀의 얼굴도 보지 않고 곧장 서류로 눈을 돌렸다.

슥슥.

에밀리아가 조심스럽게 입을 열었다.

“저, 총괄이사님?”

“말해.”

"요즘 무슨 일 있으십니까? 회장님의 수행도 직접 맡지 않으시고 말입니다."

"…내가 회장님이나 수행할 직급인가? 그를 수행할 사람은 얼마든지 있어. 하지만 총괄이사 임무는 아무나 맡을 수 없는 일이지."

"그, 그렇군요."

이것은 멜리사가 아주 오래전부터 입이 마르고 닳도록 얘기하던 것이다.

하지만 그녀는 그때마다 자신이 아닌 전문경영인이 총괄이사 직책을 수행하는 것이 더 바람직하다며 말을 돌렸다.

한 번 내뱉은 말에 대해선 목에 칼이 들어와도 지키는 그녀가 보일 행동으론 적합하지 않았다고 볼 수 있었다.

"대만에서 무슨 일이 있었군요."

"…뭐?"

"그렇지 않고선 지금 이렇게 집무실에 틀어박혀 계실 분이 아니지 않습니까?"

"……."

에밀리아는 그 자리에 딱딱하게 굳어버린 그녀에게 말했다.

"무슨 일인지는 잘 모르겠습니다만, 그냥 평소에 보스께서 하시던 대로 하십시오. 그게 보스에겐 어울려요."

"……."

"그럼 결재는 나중에 받도록 하겠습니다."

그녀는 서류를 놓아두고 홀연히 집무실을 나섰다.

철컹.

서서히 닫히는 문을 바라보며 라일라는 깊은 한숨을 몰아쉬었다.

"후우, 내가 무슨 열여덟 소녀도 아니고 왜 이러는지 모르겠군."

그녀는 하루 종일 움직인 자신의 눈을 조금 쉬어줄 겸 스마트폰을 잡았다.

띠릭!

그러자 핸드폰에는 꽤 많은 양의 부재중 전화와 문자메시지가 쌓여 있었다.

하지만 그중에 태하의 것은 단 한 건도 없었다.

"……."

그녀는 태하의 무관심에 열이 뻗쳐오르면서도 한편으론 이것이 당연한 일이라고 생각했다.

"하긴, 도사가 아니고서야 내 마음을 어떻게 알겠어?"

스스로 수도 없이 자신의 속마음을 부정한 그녀는 이내 핸드폰을 집어던졌다.

툭.

그리곤 자리에서 일어나 퇴근을 준비했다.

"술이나 한잔해야겠어."

핸드폰이 없어도 큰 문제가 없을 것이라고 생각한 그녀는 홀연히 집무실을 나섰다.

하지만 바로 그때, 집무실 구석에 처박힌 그녀의 핸드폰이 처량 맞게 혼자서 울어댔다.

지이이이잉!

* * *

늦은 오후, 태하는 유주에게 지금까지 북한에서 있던 일을 모두 얘기하고 있었다.

뚜우—

그러다가 이성칠 가족에 대한 얘기를 듣고 싶어서 라일라에게 전화를 걸었다.

하지만 그녀는 전화를 받지 않았다.

"이상하군. 운동할 시간인가?"

"바쁜가 보지."

무려 세 시간이 넘도록 대화를 이어나갔던 태하는 이제야 결론을 도출해 냈다.

"아무튼 한마디로 그는 믿을 만한 사람이 못 된다는 소리야."

"이성칠이 가지고 있다는 그 자료 자체가 거짓일 수도 있다는 소리군."

"만약 그의 주장이 거짓이라면 우리가 이 자료를 가지고 나라에 공을 세운다는 것 자체가 난센스라는 소리지. 아니, 그냥 부질없이 헛소리만 해댄 멍청이가 될 수도 있고 말이야."

"흠……."

"내 생각엔 이성칠을 조금 더 지켜보는 편이 좋겠어. 어쩌면 그가 이중간첩일 수도 있다는 생각이 들거든."

"이중간첩?"

"임태산 상장은 나에게 이성칠이 원래 처음부터 특작부대에서 잔뼈가 굵은 사람이라고 했어. 그래서 남한의 어휘도 꽤나 잘 구사하는 것이고. 그런 그가 장성까지 올라갔다, 보통 인맥으론 불가능한 일이지."

"흠……."

"내가 볼 때 그가 귀순 의사를 밝혔다면 굳이 가족들을 버리지 않고서도 남한으로 넘어올 수 있었을 거야. 한국군에서 비밀작전을 펼쳐줄 수도 있는 일이고 말이지. 그런데 왜 굳이 가족을 북한에 남겨두면서까지 일을 벌였을까?"

"그것도 아버지라는 이름을 버리면서까지 말이야."

"맞아. 지금 그의 처자식들은 아버지라는 이름만 들어도 자다가 경기를 일으킬 정도로 싫어해. 가족들이 연기를 하고 있을 것 같지는 않고."

"그럼 원래는 아버지를 좋아했대?"

"그랬던 것 같아. 한 가정의 가장으로서 꽤나 믿음직한 행동을 보였겠지. 그러니 확실한 것이 아무것도 없는 상태에서 탈북을 시도했을 테고."

"…복잡하군."

태하는 결론적으로 이성칠을 보내주는 것이 좋겠다고 생각했다.

"저 속에 무슨 생각이 들어 있는지 훑어보고 아니다 싶으면 그를 놓아주자. 그냥 미국이나 국정원에 넘겨 버려. 그편이 좋겠어."

"하지만 이 사람은 분명 대어야. 다 잡은 대어를 그냥 놓아주자고?"

"별수 없잖아? 모든 것이 불확실한 상태에서 뭘 어쩌겠어?"

"흠……."

그는 유주에게 이번 기회는 별로 좋지 않다고 말했다.

"무슨 일이든 간에 우리가 끼지 않는 것이 좋겠어."

"그래, 일단 한번 생각을 해보자."

이윽고 그녀와 함께 자리에서 일어선 태하는 이성칠을 만나기 위해 호텔방으로 향했다.

하지만 그는 아까 전화를 받지 않은 라일라가 신경 쓰였다.

"무슨 일 있나?"

평소엔 전화를 꼬박꼬박 받던 그녀가 부재중이라니, 뭔가 좀 신경이 쓰이는 태하였다.

그러나 강철 같은 그녀에게 변이 생길 리 없다고 생각했다.

"차라리 해가 서쪽에서 뜬다고 생각하는 편이 낫겠어. 참나, 내가 지금 무슨 걱정을 하는 거야?"

그는 든든한 마음으로 유주의 뒤를 따랐다.

*　　*　　*

이성칠의 호텔방. 그는 상당히 수척한 얼굴로 태하를 맞이했다.

"서, 선생님, 우리 가족을 구출했다는 말이 사실입니까?"

"일단은 성공했습니다. 하지만 가족들이 이성칠 씨의 이름만 들어도 경기를 일으키더군요."

"……."

"아무래도 그들과 접선하는 것은 어렵겠습니다. 아무리 제가 그들을 구출했다고 해도 누구를 만나라 마라 간섭할 수는 없는 일이니까요."

"…제 아들 정민이도 같은 생각입니까?"

"아들이 가장 격분했습니다. 두 여동생이 험한 꼴을 당하는

데도 그 어떤 것도 해줄 수 없었다면서요."

"그렇군요."

이성칠은 푸석푸석한 얼굴로 말했다.

"다 그만한 이유가 있던 것이거늘……."

이윽고 그는 태하를 바라보며 물었다.

"아마도 선생께선 제가 의심스러우시겠지요. 그렇지 않습니까?"

"……."

"그럴 겁니다. 선생께서 임태산 상장을 죽였다는 소식을 들었습니다. 아마도 그에게서 몇 가지 정보를 들었겠지요."

태하는 때마침 자신이 품고 있던 의심이 한 방에 해결될 것 같다는 생각이 들었다.

"네, 맞습니다. 사실 그래서 이곳까지 제가 직접 온 겁니다. 임태산 상장이 당신은 믿을 만한 사람이 못 된다고 했거든요."

"…맞습니다. 저는 원래 믿을 만한 사람이 못 됩니다."

그는 태하에게 자신의 신분증이던 ID카드를 내밀며 말했다.

"저는 북한 노동당 직속부대인 정보국장을 역임했습니다. 이 부대는 북한 정보부의 상급 부대이지만, 그 실상을 아는 사람은 별로 없습니다. 그래서 제가 겉으론 무력부에 속해 있다고 알려진 것이지요."

"그렇군요."

"임태산은 제가 정보국장을 역임했다는 사실을 어렴풋이 짐작하고 있었습니다. 아마도 제가 스파이 출신이라는 것만 알고 있었겠지요."

이성칠의 말은 임태산에게 전해 들은 것과 일부 일치하는 것이 있었다.

그는 태하에게 자신이 어째서 가족들을 버릴 수밖에 없었는지 설명했다.

"아마 선생께서 가장 궁금해하시는 것은 보물선을 찾을 수 있는 항해일지의 존재 유무일 겁니다. 맞습니까?"

"예, 그렇습니다."

"그럼 그에 대한 대답을 드리도록 하지요. 일지는 있습니다. 북한 당국에서 남한과 합작으로 고분을 발굴하던 바로 그때 발견되었지요. 하지만 이에 대한 사실을 아는 사람은 오직 저와 노동당 정치국 차장 이선일 대장밖에 없었습니다. 이선일 대장은 현 인민군 차수이자 노동당 정치국장인 최해성의 후임으로 거론되고 있었지요. 한마디로 그가 앞으로 북한 권력의 제2인자가 될 것이라는 소리였습니다."

"그러니까 앞으로 2인자가 될 사람과 당신, 이렇게 둘만 사실을 알고 있었다는 말씀이시군요."

"예, 그렇습니다. 그런데 일지가 발견되던 날, 최해성 대장이 저에게 말했습니다. 이 물건을 대외적으로 드러나지 않는 선에서 외부에 팔아먹으라고 말입니다. 어차피 이 물건의 존재 유무를 아는 사람은 없었고, 그것을 미국에 팔건 일본에 팔건 큰 문제가 아니었습니다. 저는 최해성 대장의 명령을 받아 정보국을 운영하고 있었기 때문에 사실상 그의 직속 부하나 다름이 없었습니다. 그래서 그의 명령대로 이 물건을 팔기 위해 비밀리에 북한을 빠져나간 것이지요."

"그런데 어째서 가족들을 사지로 내몰게 된 겁니까?"

그는 이 대목에 들어서자마자 안색이 급격하게 나빠졌다.

"…최해성이 2인자의 후계 서열에서 밀려나는 일이 벌어졌습니다. 그가 2인자가 되기 위해선 국가주석에게 바칠 비자금이 필요했는데, 이것을 마련하려다 오히려 봉변을 당한 겁니다."

"봉변이라면……."

"후계 서열 3위이던 서차후가 비자금 조성에 대한 정보를 당국에 흘려버린 겁니다. 당시 저는 이미 물건을 팔아치우기 위해 중국으로 떠나 있었고, 정보국은 서차후에게 장악을 당했습니다. 그리고 그는 이 정보에 대한 것을 탈탈 털어서 국가주석에 보고했습니다. 그로 인해 최해성이 비공식 총살을 당하는 일이 벌어진 것이지요."

"그런 일이 있었군요."

"당시 서차후의 오른팔이 임태산이었습니다. 그는 최해성이 반역을 꾀했다는 소리만 믿고 저를 죽이려 했습니다. 그리고 그 증거인 항해일지를 취하려 한 것이지요. 아마도 그 항해일지가 서차후의 손에 들어갔다면 비자금 조성에 쓰이는 좋은 물건이 되어버렸을 겁니다."

"흠……."

"최해성이 처형을 당하고 난 후, 제 휘하의 모든 정보국 요원들이 몰살을 당했습니다. 입을 막기엔 사실이 가장 좋은 방법이거든요."

"그래서 당신 역시 국가의 반역자가 된 것이고요?"

"저는 정보국장이었습니다. 당연히 머리가 떨어져 나가야 맞는 일이었지요."

그는 당시에 자신이 가족들에게 취한 조치에 대해 말했다.

"부하들과 함께 죽는 것은 두렵지 않았습니다만, 저는 끝까지 목숨을 부지해야 할 이유가 있었습니다."

"가족들이군요."

"맞아요. 처자식이 있는데 이대로 죽을 수는 없겠다 싶더군요. 그래서 탈북을 도와준다는 중국 브로커와 접선해서 가족들을 압록강까지 데리고 와달라고 뒷돈을 주었습니다. 하지만 애석하게도 그는 약속을 지키지 않았습니다."

"그가 배신을 한 것인가요?"

"그렇습니다. 처음부터 그는 우리 가족을 살려줄 생각이 없었습니다. 그는 서차후의 끄나풀이었거든요."

그는 자신이 노트북으로 받은 메시지 내역을 보여주었다.

"보면 아시겠지만 그는 저에게 거액의 돈을 요구했습니다. 저는 아직 몰수당하지 않은 정보국 계좌에서 있는 대로 돈을 다 인출해 그에게 주었습니다. 하지만 결국 그는 저를 붙잡겠노라 덫을 놓았습니다. 이때 저는 제가 붙잡히면 다 죽겠구나 싶어서 일단 도망부터 쳤습니다. 제가 일지를 가지고 있는 한 절대로 가족을 죽이지 못할 것이라고 생각했거든요."

"그런 사정이 있었군요."

그는 씁쓸한 미소를 지으며 말했다.

"국가에 충성했는데 결국 남는 것이라곤 가족들과의 생이별, 그리고 그들에 대한 불신뿐이었지요."

그는 태하에게 빛바랜 책을 한 권 건넸다.

그 책의 책갈피 끄트머리에는 아주 얇은 USB가 하나 매달려 있고, 그 겉면에는 '자료'라는 글귀가 적혀 있었다.

"이것이 바로 항해일지입니다. 그리고 이 USB는 제가 정보국을 통해서 얻은 근거 자료들이고요. 이 중에는 CIA에서 가지고 있던 정보도 있고 옛 KGB에서 관리하던 자료도 있습니다. 아마 지금은 구할 수도 없겠지요."

"이런 것을 저에게 주셔도 됩니까?"

"이제는 이것을 누가 가져도 상관없습니다. 저는 이미 원하는 바를 이루지 않았습니까?"

"그렇군요."

이성칠은 책을 받아 든 태하에게 말했다.

"그 자료들을 한번 분석해 보시고 만약 제 말이 사실이라고 판단되시면 저를 가족들에게로 데려다 주십시오."

"그게 이것을 주시는 대가입니까?"

"그렇다고 해두지요. 하지만 꼭 대가 때문만은 아닙니다. 죄송한 말이지만, 당신이 이 자료의 진위 여부를 밝혀주신다면 가족들도 저를 믿을 수 있을 테니까요."

그는 태하가 이 자료들에 대한 신빙성을 인증해 준다면 가족들이 자신을 받아줄 것이라고 생각한 모양이다.

태하는 자신이 한 가정을 이어줄 수 있는 교량 역할을 하게 되었음을 깨달았다.

"좋습니다. 최선을 다해서 이 자료들을 분석하겠습니다."

"고맙습니다. 그럼 저는 이곳에 계속 머물면서 잠시 지내겠습니다. 그 정도는 해주실 수 있지요?"

"물론입니다."

이제 태하는 이것을 가지고 정보의 진위를 밝혀낼 것이다.

*　　*　　*

영국 캠브리지에서 작은 골동품 상점을 운영하고 있는 개리 햄스워슨은 태하가 가지고 온 일지를 살펴보곤 이내 놀라운 표정을 지었다.

"…이것이 정말 존재할 줄은 꿈에도 몰랐군그래."

"역사적인 근거가 있겠습니까?"

그는 역사학자 출신의 골동품 상인으로 알려져 있지만 사실은 뒷골목 장물아비로 유명했다.

아는 사람만 아는 얘기이지만, 그의 손을 거쳐 대부호들에게 돌아간 골동품이 한두 점이 아니었다.

대부호들에게 골동품을 납품하고 감정해 주는 만큼 그의 역사적 학식도 상당히 뛰어났다.

물론 비공식적으로 감정을 해주는 것이긴 하지만 그의 견해는 권위자들도 인정할 정도였다.

지금 그가 진품으로 인정한다는 것 자체만으로도 충분한 가치를 지닌다는 소리였다.

그는 태하에게 이 물건의 역사적 근거에 대해서 설명했다.

"이건 야사에 나오는 얘기라고만 알려져 있지만, 사실은 나치가 폐망하기 전에 자신들의 비자금 회수를 위해 사실을 야사로 덮은 것뿐이야. 이 항해일지는 나치의 비자금을 싣고 가던 배의 항해일지가 맞네."

"그렇군요."

개리 햄스워슨은 태하에게 이 배의 역사적 가치에 대해 설명했다.

"만약 이 배를 인양한다고 쳤을 때, 침몰한 선박 그 자체만으로도 꽤 높은 가치를 구가하게 될 걸세. 하지만 그 배에 들어 있을 보물이 얼마나 큰 가치를 가지고 있을지는 확신할 수 없어."

태하는 고개를 갸웃거렸다.

"이 배가 나치의 비자금을 실은 배라고 하지 않았습니까?"

"그렇긴 하지. 하지만 생각해 봐. 이렇게 오래된 배를 인양하자면 그 금액이 한두 푼 드는 일이 아닐 거야. 더군다나 배가 침몰하면서 생긴 타격으로 그 안에 들어 있을 고미술품들이 손상되었을 수도 있고."

"흠……."

"물론 나치가 미술품을 아주 잘 포장해서 넣어놓았을 수도 있지만 그와 반대일 수도 있다는 소리야."

"한마디로 확률은 반반이라는 뜻입니까?"

"그렇다고 볼 수 있네."

개리의 설명에 따르자면 이 배는 대박 아니면 쪽박, 반반의 확률을 가진 복권이나 마찬가지라는 소리였다.

그는 태하에게 자신이 해줄 수 있는 유일한 조언을 해주었다.

"배를 인양하는 것은 자네 마음일세. 하지만 그 작업을 착수함에 있어 아주 신중해야 한다고 말해주고 싶어."

"으음, 그렇군요."

"물론 나라면 배를 인양하겠네. 얼마나 큰 손해를 보더라도 말이지. 이건 자신의 신념에 따른 문제야. 만약 내가 손자에게 조언을 해준다면 당연히 인양하지 말라고 조언하겠네."

개리는 보물을 감정한 대가를 받지 않겠다고 선언하며 일지를 되돌려주었다.

"잘 보았네. 이번 감정은 특별히 수수료를 받지 않겠어. 몇몇 사람만 알고 있는 얘기가 실제로 있다는 것만으로 충분하니까."

"그럼 저에 대한 얘기를 함구해 주실 수도 있는 겁니까?"

"물론. 나는 이 얘기 또한 의문의 누군가가 나에게 보여준 일지라고만 적어둘 걸세. 자네의 국적, 이름, 나이, 성별, 아무것도 기재하지 않을 생각이지."

"감사합니다."

"허허, 감사는 무슨. 이 바닥도 꽤나 경쟁이 심해서 신용을 잃으면 끝이야. 늙어 죽을 때까지 이 장사를 하자면 무조건 함구해야지."

태하는 과연 이 보물을 어떻게 하면 좋을지 깊은 고민에 빠져들었다.

* * *

중국 윈난성 메르베스 호텔에 한 무리의 사내들이 들어섰다.

그들은 모두 하나같이 가슴에 붉은색 꽃을 수놓은 양복을 입고 있었다.

무리 중에서 가장 나이가 많아 보이는 사내가 프런트로 다가와 말했다.

"총지배인을 만나러 왔소."

"어디서 오셨습니까?"

"명화에서 왔다고 전해주시오."

"네, 잠시만 기다려주세요."

프런트 직원은 어디론가 전화를 걸었고, 이내 5분도 채 지나지 않아 호텔의 총지배인이 달려나왔다.

"오셨습니까?"

"오랜만입니다."

"그간 무탈하셨지요?"

"뭐, 덕분에."

총지배인은 그들을 조용한 호텔 방으로 안내했다.

"이쪽으로 오시지요. 지금은 보는 눈이 많습니다."

"그럽시다."

엘리베이터를 타고 호텔 최상층으로 올라간 그들은 호텔 스위트룸으로 들어섰다.

그는 얼마 전, 살인 사건이 일어나 여전히 리모델링 작업 중인 호텔 방을 보여주며 말했다.

"이곳이라면 주제에 맞는 얘기를 하면서도 외부로 기밀이 노출되지 않을 겁니다."

"확실히 그렇겠군요."

남자는 스위트룸 이곳저곳을 둘러보며 물었다.

"그나저나 우리 명화그룹의 소유로 된 호텔에서 같은 식구가 죽다니, 어떻게 된 겁니까?"

"…면목 없습니다!"

"이곳은 우리 명화그룹의 요인들이 쉬어가는 안전지대입니다. 그런데 계열사의 사장이 이곳에서 죽다니 있을 수 없는 일입니다."

"제 불찰입니다! 제명을 하시겠다면 달게 받겠습니다!"

그는 고개를 가로저었다.

"명화그룹 계열사 사장이라는 사람이 자객에게 죽었다는 것이 더 말도 안 되는 일 아닙니까? 그 정도 실력을 가지고 계열사 사장을 역임한다는 것 자체가 어불성설이지요. 어쩌면 잘되었습니다."

"하지만 놈은 우리의 상상보다 훨씬 더 강력한 놈인지도 모릅니다. 어쩌면 이미 화경의 경지에 올랐을지도 모르지요."

"화경이라……."

"이곳에는 초화경의 보안요원들이 수두룩합니다. 만약 어중이떠중이 히트맨이 이곳에 잠입했다면 금방 들통이 났을 겁니다. 하지만 그는 심지어 저의 눈까지 피해 스위트룸까지 잠입했습니다. 그것도 얼굴을 분장으로 가린 채 말이죠."

순간 사내의 눈동자가 번뜩였다.

"…당문?"

"어쩌면 그럴 수도 있다고 봅니다."

사내는 고개를 가로저었다.

"있을 수 없는 일입니다. 당문은 이미 오래전에 자취를 감추었다고 알려져 있어요."

"우리 명화재단 역시 역사 속으로 사라졌다고 알려져 있습니다. 하지만 여전히 우리는 건재하지요."

"흠……."

"어쩌면 DMS그룹에서 비밀리에 당문을 재건하고 있던 것인지도 모릅니다."

"재단장께선 뭐라 하십니까?"

"일단 상황을 조금 더 지켜보자고 하시더군요."

"…그렇군요."

총지배인은 사내에게 아주 조심스럽게 물었다.

"계속해서 그놈을 쫓으실 겁니까?"

"물론입니다. 그런 놈은 당장 잡아서 물고를 내야 우리 재단이 편안할 겁니다."

"의중이 그러하시다면… 아무쪼록 조심하십시오."

"그런 걱정은 마십시오. 그런 조무래기에게 당할 제가 아닙니다."

이윽고 사내는 총지배인에게 쪽지를 하나 전달했다.

"아참, 그리고 오늘은 당신에게 이것을 전해드리기 위해 온 겁니다."

그는 불꽃이 일렁이는 문양이 찍힌 쪽지를 바라보며 말했다.

"영국에서 온 서신이군요."

"그렇습니다. 조만간 총회의가 열릴 것 같더군요. 자세한 내용은 그 안에 적혀 있습니다."

"잘 알겠습니다."

"그럼 저는 이만……."

총지배인은 사내들이 돌아가자마자 호텔 운영진을 소집하기로 했다.

전화기를 든 그는 호텔 비서실장에게 전언을 남겼다.

"회장님께서 오십니다. 회의를 진행하실 것이니 준비하십시오."

—예, 알겠습니다.

이제 호텔은 여느 때보다 훨씬 더 바쁘게 움직이기 시작했다.

9. 어느 살인자

서울 한강 둔치에 한 척의 유람선이 서서히 부유하고 있다.

그 안에는 단출한 테이블 하나가 놓인 포장마차 분위기의 술상이 마련되어 있었다.

쪼르르르.

태하는 앞에 앉은 양재기에게 술을 따라주며 말했다.

"목숨을 걸고 배팅하기가 쉽지 않았을 텐데 어려운 결정을 했군."

"…더러운 새끼들, 사람의 목숨을 가지고 장난을 쳐도 유분수지. 어떻게 나를 죽이겠다는 놈과 술을 마시라고 이런 자리를 마련한 것이지?"

그는 술잔을 받지 않은 양재기 대신 자신이 소주를 받아 넘겼다.

꿀꺽!

그리곤 남은 술을 유람선 밖에 따랐다.

쪼르르르.

태하는 씁쓸한 미소를 지으며 말했다.

"우리 아버지도 이 소주를 아주 좋아하셨지. 돈이라면 넘쳐나서 주체할 수 없는 분이 아주 소탈하셨어. 그렇지 않나? 대한민국 최고의 재벌가인 대한그룹의 총수께서 포장마차 안주에 소주 한잔을 좋아하셨다는 것이 말이야."

순간, 양재기의 고개가 좌로 살짝 꺾였다.

"…무슨 개소리냐? 갑자기 대한그룹이 왜 나와?"

"말 그대로다. 내 아버지께서 이 술을 아주 좋아하셨다고."

태하는 말을 맺자마자 고개를 돌리며 자신의 얼굴을 원래대로 되돌렸다.

뚜두두두둑, 팟!

그러자 양재기의 눈동자가 사시나무 떨리듯 떨렸다.

"기, 김태하!"

"…원수의 얼굴을 직접 보니 오히려 반갑기까지 하군. 어떤가? 내 얼굴이 꽤나 볼 만한가?"

"……"

그제야 양재기는 자신이 왜 이렇게까지 궁지에 몰린 것인지에 대해서 알 것 같았다.

"황당한 일이군. 너는 러시아에서 죽었다고 들었는데?"

"그랬지. 하지만 나는 죽음에서부터 간신히 목숨을 건졌다. 그리고 내 아버지와 어머니를 죽인 네놈들을 찢어 죽이기 위해 다시 한국을 찾았다."

양재기는 자신의 앞에 있던 소주를 통째로 집고는 그대로 내용물을 비워냈다.

꿀꺽, 꿀꺽!

"후우, 아주 제대로 걸렸군. 하필이면 네놈이 살아 있었다니…"

"사람이 죄를 짓고는 못 사는 법이다."

태하는 그에게 술병을 하나 더 건네며 말했다.

"어차피 밝혀질 얘기지만, 네놈의 입으로 직접 듣고 싶군."

"뭘 말인가?"

"내 아버지와 어머니가 돌아가신 정황에 대해서 말이다."

양재기는 깊은 한숨을 토해냈다.

"…악취미군. 난 네 부모를 시해하지 않았다."

"알고 있어. 내 숙부님을 잔인하게 죽였지. 그리고 내 사촌 누이들을 외국으로 팔아넘겼고 말이야."

"……."

"말해라. 나는 네놈의 입으로 직접 그 모든 것에 대해 듣고 싶다."

그는 어쩔 수 없다는 표정으로 태하를 바라본다.

"좋다, 모두 다 설명해 주지."

양재기는 소주를 손에 쥔 채 자신이 아는 모든 것이 대해 털어놓기 시작했다.

"이 사건은 최초 한 모임에서부터 시작된다. 으음, 뭐랄까? 동네 반상회 같은 느낌이라고나 할까?"

"…반상회 때문에 대기업 총수 가문 하나가 통째로 날아가 버렸다고?"

"이를테면 그렇다는 거다. 설마하니 동네 반상회 때문에 이 엄청난 일이 벌어졌을까?"

그는 태하에게 아주 자세하게 정황을 설명하기 시작했다.

"때는 2001년, 한국이 이제 막 경제공황에서 벗어나는 시점이었지. 제2의 한강의 기적이라느니 신 새마을운동이니 하며 한 나라가 대동단결이 되던 때였지. 그때를 기억하고 있나?"

"물론이다. 우리 그룹 역시 그때를 기점으로 상당한 빅딜을 감행해야 했으니까."

"그래, 그때의 한국은 너나 나나 모두 허리띠를 졸라맸다. 특히나 남북관계 개선이나 외화 부채 탕감과 같은 프로젝트가 단행되고 있었지. 바야흐로 대한민국이 제2의 도약을 준비한다는 소리가 나돌 정도로 그 회복 속도는 대단했다. 그러나 이 희망적이고도 과도기적 시기에 가장 고충이 큰 계층이 있었다. 그들은 바로 재선에 실패한 국회의원들이었다."

양재기는 자신이 알고 있는 국회의원들의 이름을 있는 대로 전부 다 나열했다.

"여당의 임채전, 박양식, 전충선, 이충만, 정화수, 이들은 재선에 실패하여 정계에서 밀려날 위기에 처해 있었다. 또한 야당의 이필선, 민영촌, 서태화, 여민형, 최형조 등도 재선에 실패했지."

태하는 이 사람들의 이름을 한 번쯤 들어본 것 같은 느낌이 들었다.

"이 사람들은 지금도 국회의원을 해먹는 사람들 아닌가?"

"그렇다. 지금도 이 사람들은 국회의원을 아주 잘 해먹고 있어. 비례대표제 도입으로 그 입지도 더욱 커졌지. 하지만 이 사람들이 원래 이렇게 탄탄한 정치적 기반을 가지고 있었을까? 답은 그렇지 않다는 것이다."

"흠……."

"이 사람들 모두의 공통점이 무엇이었냐면, IMF 시절에 무너져 내린 기업들을 끄나풀로 두고 있었다는 점이다. 한마디로 돈밭이 외환위기를 맞아 다 불에 타버린 것이지. 이 돈밭이 불에 타고 나니 이들이 손에 쥔 것이라곤 허공에 떠다니는 허상뿐이었다. 한마디로 낙동강 오리알 신세가 되고 만 것이지. 그렇게 신정부가 출범하여 정권은 교체가 되었고, 이들은 다시 재출마, 낙선을 맛보게 된다. 거듭된 낙마에 돈은 들어가지, 뿌려놓은 밭은 다 타버렸지, 이들에겐 끝도 없는 나락만 남았을 뿐이다."

그는 소주를 입에 머금은 후 다시 말을 이었다.

꿀꺽!

"으음, 좋군!"

"계속해라."

"성질이 급하군. 아무튼 거의 빈털터리가 되고 난 후 이들은 아주 우연한 기회로 자선단체 모임에 참석하게 된다. 이곳에서 이른 바 '스폰서'를 구할 수 있을까 하는 생각에 말이지. 헌데 이곳에서 구하려던 스폰서는 구하지 못하고 오히려 자신들의 정적이던 전 국회의원들만 떼로 만나게 된다."

"엄청나게 인상을 구기는 일이었겠군."

"인상만 구겼겠는가? 손가락질을 하고 아주 사방팔방을 다 뛰어다니며 싸움질을 했다."

"…안에서 새는 바가지가 밖에서도 샌 꼴이군."

"뭐, 언제는 안 그랬던가? 그렇게 하루 종일 싸움질만 하던 도중, 전충선이 그들을 규합시켰다. 이렇게 된 김에 우리도 계를 들자고 말이야."

"계? 친목 모임의 그 계 말이야?"

"그래, 그 계모임이다. 이들은 어처구니없게도 이곳에서 재신을 위한 자금 마련 계모임을 구성하게 된다."

태하는 어째서 처음 양재기가 반상회라는 소리를 했는지 알 것 같았다.

"아아, 그래서 동네 반상회라는 말을 했군."

"그래. 동네 반상회보다 더 어이가 없는 모임이지. 하지만 이 모임은 꽤나 끈끈하고도 거대한 조직으로 변모했다. 2003년 보궐선거 당시 이 열 명이 곗돈을 몰아주어 전충선이 15대 국회의원으로 당선되었다. 이는 무엇을 뜻하느냐. 이들이 이제는 국회의원을 만드는 조직으로 발전했다는 소리다.

"…영화 같은 얘기군."

"어처구니가 없으면서도 실로 무서운 얘기였다. 그 이후 이들은 대기업에 스폰서를 기대하지 않고도 스스로 자금줄을 확보하여 특유의 결집력 있는 조직을 꾸려나갔다. 그 대표적인 사건이 바로 대한그룹 사태라고 볼 수 있지."

"허어……."

"내가 처음 조직 생활에 몸을 담갔을 때, 그들은 이제 막 곗돈을 몰아주고 어리바리 부산스러운 모임에 불과했다. 하지만 그로부터 대략 15년이 지난 지금, 그들은 엄청난 규모의 사조직으로 탈바꿈했다."

태하는 이 엄청난 얘기를 도대체 어디서부터 어디까지 믿어야 할지 가늠이 되지 않았다.

"너무 허황된 얘기를 들으니 머리가 다 뻥 뚫리는 기분이 드는군."

"뭐, 그럴 수도 있겠지. 하지만 네가 알아야 할 것은 김태평 회장이 죽은 것은 단순히 비자금 조성을 위한 일이 아니라는 것이다. 이 조직은 운영 자금 자체를 이런 식의 리스크 머니로 충당한다. 앞으로 이들이 배출한 국회의원들 숫자는 점점 더 늘어날 것이고, 그렇게 된다면 언젠가는 대통령 선출까지 넘볼 수 있지 않겠나?"

"……."

양재기는 자신이 아는 얘기를 모두 털어놓으니 속이 좀 시원한 모양이었다.

"…십 년 묵은 체증이 다 사라지는 느낌이군. 우리 블루문이 왜 생겨났다고 생각하나? 다 이 국회의원 계 때문에 생겨난 것이다. 나는 이렇게라도 속 시원히 얘기를 털어놓고 싶었다. 하지만 목숨이 아까워서 지금까지 참고 있었지."

"이런 얘기를 나에게 털어놓는 이유는 무엇인가?"

"네가 나에게 먼저 자세한 연유를 물은 것 같은데?"

"……."

그는 태하에게 박창식에 대한 얘기를 꺼냈다.

"만약 네가 진짜 부모님의 복수를 하고 싶다면 내가 아닌 박창식을 먼저 죽여야 할 것이다. 놈은 블루문에서 내려온 일을 직접 처리한 살인청부업자임과 동시에 김태우와도 연결되어 있거든."

"그게 사실이냐?"

"지금 이 상황에 너에게 거짓을 말해서 뭘 어쩌겠나?"

"……."

양재기는 태하에게 다시 한 번 자신의 조건을 확인시켜 주었다.

"나는 죽어도 좋다. 하지만 그녀만큼은 제발 살려다오. 부탁이다."

"그녀는 죽지 않는다. 빚은 네 목숨으로 갚은 것으로 하겠다."

"…고맙다."

그는 태하에게 USB를 하나 건네며 말했다.

"길거리 인생이지만 나 역시 언젠가는 목숨을 걸어야 할 때가 올 것이라고 생각했다. 그래서 인터넷 클라우드 시스템에 자료들을 모두 스캔해서 올려두었다. 그것은 스위스 은행에서 운영하는 클라우드다. VIP 회원에게만 제공되고 있지. 그곳에 각종 자료가 전부 다 들어 있다. 이정도면 나는 모두 다 주었다고 생각한다."

"그래, 그런 것 같군."

양재기는 마지막으로 소주를 한 병을 목구멍으로 넘긴 후 태하에게 물었다.

"또 하나의 조건이 있다. 이 통장과 쪽지를 그녀에게 전해 줄 수 있겠나?"

"이게 뭔가?"

"그녀가 새 출발을 할 수 있을 정도의 돈이다. 이 정도 돈이면 앞으로 요가학원을 차려서 먹고살기엔 부족하지 않을 거야."

"알겠다. 전해 주도록 하지."

"…고맙다."

이윽고 태하는 내륙에 배를 댔고, 조직원들은 계속해서 배를 몰아 한강 하류인 강화도로 향했다.

*　　　*　　　*

태하는 양재기가 건네준 자료들이 허구가 아닌 실제 존재하는 물건들임을 알 수 있었다.

그가 김정문을 쏴 죽인 후 그의 비자금으로 지목되었던 빌딩의 관리대장이 전부 이곳에 들어 있던 것이다.

그리고 국회의원 계라고 불리는 이른 바 '국모회'라는 사조직의 비자금 파일까지 대거 들어 있었다. 양재기가 블루문의 수뇌부이긴 했지만 그가 가지고 있는 자료들이 국모회를 통째로 날려 버릴 정도로 강력하지는 못했다.

국모회 비자금 파일

태하는 스위스 은행에서 직접 받아온 이 자료들을 라일라 일행에게 건네 사실 확인을 부탁했다.

"이것을 가지고 다니면서 실제 지주들과 자금 관리책들을 확인해 줘."

"예, 알겠습니다."

에밀리아는 태하에게 양재기 처리에 대한 결과를 물었다.

"그나저나 양재기는 이제 어떻게 처리하실 생각이십니까? 그는 자신의 목숨과 함께 이 자료들을 내놓았습니다. 이쯤 했으면 살려주시는 것이 옳지 않겠습니까?"

"맞습니다. 저 정도의 정보를 가지고 있다는 것은 상당히 쓸모가 있다는 소리입니다. 차라리 사지육신을 못 쓰게 만들고서라도 살려두는 편이 좋다고 봅니다."

그녀들은 양재기의 쓸모에 대해 역설하고 있었지만 죄인을 멀쩡히 살려두는 것은 옳지 않은 일이었다.

태하는 양재기의 처분에 대해선 자신에게 권한이 없다고 생각했다.

"이 일은 당사자들에게 맡길 생각이다."

"당사자요?"

"양재기에게 원한을 품은 사람들 말이야."

"흠, 그것도 나쁘지는 않겠군요."

"나 역시 양재기에게 원한이 있지만 그의 말대로 진짜 부모님의 원수는 다른 사람이니 그를 죽일 명분은 내 사촌누이들에게 있다고 볼 수 있어."

그는 태주 세 자매에게 그의 심판에 대한 전부를 맡길 생각이다. 만약 그녀들이 양재기를 죽이자고 결정한다면 태하는 가감 없이 그를 죽일 것이고 만약 살려달라면 그대로 살려둘 것이다.

그는 한강을 통하여 그를 영국으로 보냈고, 아마 지금쯤이면 그녀들이 결론을 지었을 터이다.

"궁금하군. 그녀들이 어떤 결정을 내릴지 말이야."

"좋은 결정을 내렸으면 좋겠군요."

이제 태하는 그녀들이 결정을 내릴 때까지 차분하게 기다릴 뿐이다.

* * *

영국 램튼팜 안전가옥.

고즈넉한 분위기의 저택 안으로 깔끔한 복장의 한 사내가 걸어 들어가고 있다.

뚜벅뚜벅.

그는 한 손에 흰색 국화를 들고 있었는데, 이곳으로 들어가는 표정이 썩 좋지가 못했다.

남자는 저택 대문을 두드릴까 말까 한참을 고민하다가 이내 용기를 내서 초인종을 눌렀다.

딩동!

그러자 인터폰으로 한 여성의 목소리가 들렸다.

—잠시만 기다리세요.

"네, 알겠습니다."

바로 그때, 인터폰 너머로 한 여성의 욕지거리가 분명하게 들려왔다.

—이런 씨발! 약을 내놓던지 나를 죽이든지 둘 중에 하나만 하란 말이야! 꺄아아아악!

순간, 남자는 자신도 모르게 손에 꼭 쥐고 있던 국화를 떨어뜨리고 말았다.

털썩!

그리고 그는 그 자리에 주저앉아 머리를 부여잡았다.

"…나는 천벌을 받을 놈이다. 그냥 이 자리에서 죽는 편이 나을지도 몰라."

공황에 빠져버린 그에게 인터폰의 그녀가 다시 한 번 말했다.

ㅡ문은 열려 있으니 그냥 들어오세요!

"……."

그 목소리를 듣고도 한참 동안 그대로 앉아 있던 남자는 이내 구부리고 있던 몸을 폈다.

"그래, 벌을 받자고 다짐한 사람은 바로 나다. 그 어떤 벌도 달게 받겠다."

그는 현관문을 열고 저택 안으로 들어섰다.

그러자 저택의 저 멀리서부터 옅은 피 냄새와 함께 고약한 오물 냄새가 풍겨오기 시작했다.

"……."

아무래도 이곳에 사는 마약중독자들이 내뿜는 각혈과 오물로 인한 냄새인 모양이다.

그는 저택 현관 앞에 서 있는 한 여자의 안내를 받았다.

"당신이 양재기 씨인 모양이지요?"

"…그렇습니다. 김태린 씨?

"네, 맞아요. 이쪽으로 오시죠. 제 동생들이 기다리고 있어요."

"알겠습니다."

양재기는 태린의 안내를 따라 고통에 찬 비명 소리를 내지르고 있는 그녀들에게 다가갔다.

"하아, 하아…."

"……."

그녀들은 이제 막 안정기에 접어든 모양이었고, 두 동생을 돌보고 있던 태주가 태린의 곁에 선 양재기를 바라보며 물었다.

"누구?"

"저번에 오빠가 말한 그 사람이야. 화평 삼촌을 시해했다는 그 남자 말이야."

"…양재기라고 합니다."

태린은 굳이 그녀에게 김화평을 죽인 양재기의 소개를 에둘러 표현하지 않았다.

그녀는 은근히 양재기가 죽기를 바라는 모양이었다.

태주는 고개를 푹 숙인 양재기를 바라보며 자신의 처지에 대해 물었다.

"당신이 보기에 우리의 상태가 어떤 것 같아요?"

"좋지 않아 보이는군요."

"당연하죠. 당신이 내 동생들을 마약상들에게 팔아먹었으니까요. 그 마약상들, 지금은 태하 오빠 손에 잡혀 죽기 일보

직전이라고 하더군요. 당신이 지금껏 살아 있는 것은 우리 아버지의 직접적인 원수라서 그렇다고 하던데, 맞아요?"

"그렇습니다."

"그럼 이 동생들을 대신해 내가 당신을 죽이라고 전해도 불만은 없겠군요?"

"물론입니다. 그 정도 각오는 하고 왔어요."

그녀는 양재기에게 말했다.

"그 죄를 씻을 수 있는 길은 없어요. 사람의 목숨과 바꿀 수 있는 것은 그 어떤 것도 없으니까요."

"…잘 압니다."

태주는 떨리는 입술로 말했다.

"난 당신을 용서할 생각이 전혀 없어요. 하지만 내가 당신을 죽인다면 나도 당신과 똑같은 사람이 되겠지요?"

"……."

"속죄하세요. 평생 아무도 없는 감옥에 스스로 들어가 평생 동안 혼자 살면서 죄를 뉘우치고 살아요. 그렇게 죽을 때를 기다리는 것이 내가 바라는 겁니다."

양재기는 고개를 끄덕였다.

"알겠습니다. 당신이 원하는 대로 하죠. 김태하 씨에게 부탁해서 내 감옥을 마련하겠습니다. 그러면 당신의 마음이 좀 편해질까요?"

"아니요. 내 마음은 그 어떤 방법으로도 치료할 수 없어요. 그러니 당신도 평생 그 죄를 씻을 수 없을 겁니다."

"……."

그는 태주에게 깊이 고개를 숙였다.

"…이런 말로 죄를 씻을 수 없다는 것은 잘 압니다만, 사과할 수 있는 기회를 주십시오. 정말 미안합니다."

"됐어요. 당신의 사과는 더 이상 듣고 싶지 않아요."

"정말 미안합니다."

이윽고 그는 이내 돌아서 저택을 나섰고, 밖에서 대기하고 있던 정명회 조직원들이 그를 포박했다.

끼릭.

"갑시다. 회장님께서 기다리십니다."

"네."

그는 고개를 푹 숙인 채 속죄의 길을 걸었다.

*　　*　　*

유럽 북극해 인근 그린란드.

쏴아아아아!

한여름에도 싸늘한 바람이 불어오는 이곳 그린란드 북부에 강철로 된 건물이 세워지고 있었다.

태하는 그린란드 북부의 땅 200평을 구매하여 이곳에 양재기를 수용할 수 있는 1인 감옥을 짓고 있었다.

한국에서 재료를 모두 용접해서 가지고 왔기 때문에 감옥이 완성되는 기간은 길어봐야 15시간 남짓 될 것이다.

이곳에 온 지 14시간이 되었으니 이제 곧 감옥은 완성될 터였다.

양재기는 손에 수갑을 찬 채로 혼자서 살아가게 될 감옥을 바라보고 있었다.

"명심할 것은 네가 이곳에서 탈출하려 발버둥을 쳤다간 그대로 미아가 되어 죽을 수도 있다는 것이다."

"…탈출할 생각은 없다."

"잘되었군. 그런 시도는 아예 생각조차 하지 않는 편이 좋아."

태하는 이곳에 자동 배급 시스템을 구축해 하루에 세 번 빵과 음료수를 제공하기로 했다.

이곳에 들어가는 빵과 음료수는 대부분 폐기 직전의 물품들이긴 하지만 먹는 데는 전혀 지장이 없었다.

원래는 정상적으로 생산된 빵을 제공하려 했지만 태주가 원하지 않아 폐기 직전의 빵만 제공하기로 한 것이다.

또한 감옥 전체가 전자동 시스템으로 제어되기 때문에 1일 1회 샤워와 어느 때나 배변이 가능했다.

물론 감옥 전체에 온수가 나오지 않기 때문에 한겨울에도 찬물로 냉수마찰을 해야 하는 불편함이 있을 터였다.

그 밖에도 난방이 제대로 되지 않는 등의 제한 사항을 두었지만 양재기는 그 모든 것을 감내하기로 마음먹었다.

지금까지 자신이 저지른 죄에 대한 속죄를 하기엔 이만한 공간도 없다고 생각한 것이다.

잠시 후, 감옥이 완성되어 이곳 전역에 전기가 들어왔다.

위이이이이잉.

감옥은 최소한의 전기로 돌아가며, 출입구는 사다리가 없는 7미터 높이의 콘크리트 벽 위에 놓여 있었다.

앞으로 컨베이어벨트가 이곳으로 식사를 전달하고 생활에 필요한 최소한의 생필품을 전달할 것이다.

태하는 거중기를 이용하여 양재기를 건물 바닥에 내려주었다.

철컹!

그리곤 이내 한 점의 빛도 들어오지 않는 감옥의 뚜껑을 덮어 그를 봉인해 버렸다.

이제부터 그는 바깥세상과 완전히 차단되어 살아가는 불행을 겪게 될 터였다.

양재기를 감옥으로 보내 버린 태하는 비행기를 타고 이 섬을 떠날 차비를 차렸다.

"이제 그만 철수합시다. 어이, 제프!"

"예, 보스."

"이곳에 정기적으로 사람을 보내어 상태를 점검하도록."

"안 그래도 조직에 따로 당번을 정해두었습니다. 최소한 일주일에 한 번은 이곳으로 시찰을 올 겁니다."

"좋아, 그럼 이만 떠나도록 하지."

"예, 보스."

짐을 챙겨 이곳을 떠나려던 그에게 제프가 무거운 얼굴로 말했다.

"저, 보스."

"말해라."

"이건 말씀드리지 않고 그냥 넘어가려던 겁니다만, 아무래도 말씀드려야 할 것 같군요."

"뭔가? 말해봐."

"양재기의 연인 말입니다."

"정수지 말인가?"

"예, 그 여자 말입니다."

"그 여자가 왜?"

"…임신이랍니다. 그것도 임신 3개월에 접어들었다고 하더군요."

"……."

지금까지 태하는 정수지가 임신을 했으리라곤 전혀 상상도 하지 못하고 있었다.

하지만 이제 와서 그런 사실은 양재기에게 어떤 의미도 될 수 없었다.

"아비 없는 자식으로 크겠군."

"그러게 말입니다. 최소한 그녀에게 양재기가 살아 있다는 사실 정도는 알려주어야 하는 것 아닙니까?"

"……."

"물론 이 일에 대해선 전적으로 김태주 씨의 의견에 따라야겠지요. 주제넘은 참견이라고 생각합니다만, 만약 저 사람에 대한 처분을 김태주 씨가 오로지 떠안는다면 임신 사실 정도는 알려야 할 것 같습니다."

태하는 고개를 끄덕였다.

"그래, 그건 네 말이 맞는 것 같군."

"제 의견을 들어주시는 겁니까?"

"만약 내가 임신 사실을 몰랐다면 하는 수 없어도 알고 있는 한 그녀를 가만히 내버려 둘 수는 없는 일이지."

제프는 아까부터 조금 어두운 표정이었는데, 그제야 좀 홀가분하다는 표정을 지었다.

"휴우, 역시 보스께서 그렇게 말씀하실 줄 알았습니다."

"이 문제로 꽤나 골머리를 앓았나 보군."

"…일단 저도 사람이니까요. 저 역시 고아원에서 자란 사람으로서 아버지 없는 아이가 얼마나 서러운지 잘 알고 있습니다. 그 아이에겐 그런 일이 없었으면 했습니다."

"그래."

이 세상에서 가장 무거운 것은 사람 목숨이요, 그것을 앗아간 일은 씻을 수 없는 죄였다.

하지만 태하는 그 죄인의 아이까지 같은 취급을 받아야 한다고 생각하지는 않았다.

앞으로 이 가정이 어떻게 될지는 오로지 태주에게 달린 일이었다.

* * *

양재기의 소식을 전해 들은 태주는 깊은 고민에 빠져들었다.

아무리 죄가 미워도 그 죄인의 자식까지 미워한다는 것은 인륜적으로 맞지 않는 일이었기 때문이다.

하지만 그렇다고 양재기를 사회에서 멀쩡히 살아가도록 하는 것은 있을 수 없는 일이었다.

그녀는 이 가정에게는 조금 가혹하지만 특단의 결정을 내리기로 했다.

"5년에 한 번씩 아이와 아빠가 만나도록 해주자."

"1년에 한 번도 아니고 왜 하필이면 5년에 한 번이야?"

"그것이 바로 아버지로서 죄를 저지른 양재기의 몫이야. 아무리 아이는 죄가 없다고 해도 가정이 멀쩡하게 돌아갈 수는 없는 일이지."

"…그렇군."

태하는 태주에게 양재기에 대한 의중을 물으려 왔다가 여전히 무거운 마음을 내려놓을 수 없음을 한탄했다.

"죄의 굴레는 여럿을 잡는 일이군."

"첫 단추를 잘못 끼운 가정이야. 언젠가 그가 잊히지 않고 아이가 장성하게 된다면 모든 것을 이해할 날이 오겠지."

"그래……."

그는 이 소식을 정수지에게 전하기로 했다.

서울에 위치한 작은 칵테일 바.

정수지는 자신의 얼굴이 드러나지 않도록 검은색 마스크에 야구모자를 푹 눌러쓴 채 태하를 찾았다.

지금 그녀는 이청남의 손아귀에서 벗어나 도망치는 중이었다.

그래서 태하를 만나는 지금도 여전히 조심스럽게 자신의 정체를 숨길 수밖에 없었다.

내일 스웨덴으로 출국하는 그녀이지만 하루 전에 이청남에게 발각되면 그 모든 계획이 수포로 돌아갈 터였다.

해서 지금 그녀는 극도로 신경이 날카로운 상태에서 태하를 맞이하고 있었다.

"…바빠요. 용건만 간단히 해주세요."

"그럽시다. 당신의 내연남, 아니, 아이의 아빠가 살아 있습니다."

"……."

"소제는 말씀드릴 수 없습니다만, 사람을 죽인 대가를 혹독히 치르고 있지요."

"오빠가 살이 있어요?"

"네, 그렇습니다."

"자, 잘 지내고 있대요?"

"아마 삼시세끼 밥은 잘 챙겨 먹을 겁니다. 물론 사람이 아무도 없는 무인도에 갇혀 벽만 보고 있을 테지만 말이죠."

"…감옥에 갇힌 건가요?"

"비슷합니다. 하지만 이 감옥은 형기가 없어요. 그나마 죽지 않는 것을 감사하게 여기며 살아가야 미치지 않을 수 있을 테지요."

"……."

태하는 그녀에게 전화번호를 하나 건넸다.

"명심하세요. 당신이 외부로 이 사실을 발설하는 순간 양재기는 죽습니다. 그리고 5년 후 오늘이 되는 날에 이곳으로 전화를 주세요. 양재기와의 면회를 추진해드리겠습니다."

"…정말 이렇게 해야만 하나요?"

"그나마 사설 감옥에 갇힌 것을 행운으로 알아요. 만약 공영 감옥에 갇히게 되면 그는 이미 죽은 목숨입니다. 그의 뒷배이던 자들이 가만히 있을 리가 없어요."

"그렇군요."

"5년입니다. 오늘을 기억하고 있어요. 만약 아이에게 아버지가 있다고 말해줄 것이라면 말입니다."

"…그래요."

그녀는 체념한 듯이 태하를 바라보았고, 태하는 그녀를 두고 자리에서 일어섰다.

10. 블루문의 몰락

서울지검 공안부 내 박유주 검사 사무실.

아침부터 이곳 검사 사무실 내부가 바쁘게 움직이고 있었다.

“야무진 놈들입니다. 한 방에 때려잡지 못하면 범인들을 놓칠 수도 있어요.”

“예, 검사님.”

오늘 유주는 태하가 건네준 비자금 파일을 대법원에 증거로 제출하여 이청남에게 구속영장을 신청했다.

이로써 그는 불법 비자금 은닉과 국회의원 탈세 포탈 등의 협의로 체포될 예정이다.

이번 수사는 특별히 공안부와 형사부가 합동으로 진행하지만 형을 집행하는 사람은 유주였다.

그녀는 자신을 도와주겠다며 나선 동료 검사 안성문에게 말했다.

"선배, 이청남이 어떤 놈인지 잘 아시죠? 몸조심 안 하시면 큰일 납니다."

"별 걱정을 다 하는군. 내가 누구인 줄 알고 그런 시시한 소리를 지껄이는 거냐?"

"잘 알죠. 독불장군에 독고다이 안성문 검사님. 하지만 그 놈은 물불을 안 가립니다. 선배의 나이도 이제는 예전 같지 않고요."

"…이 자식이 근데!"

안성문은 유주와 5년 차이가 나는 선배인데, 그녀가 초임 때부터 한솥밥을 먹던 식구이다.

이번 이청남 구속 사건 역시 그가 공조를 받아들여주지 않았다면 기소권이 넘어갈 뻔했다.

유주를 여동생처럼 여기는 그가 있었기에 이번 체포가 이뤄질 수 있었다는 소리다.

그녀는 형사 30명, 경찰특공대 2개 중대의 지원을 받아 이청남이 기거하고 있을 블루문 본사로 향했다.

사격하도록

대신 각 관할 구역 경찰

기로 했다.

ㅔ 채 10분도 걸리지 않았

게 경찰특공대 저격수 팀과

저격총을

, 포지션 [illegible]습니다.

“알[illegible]. 그럼 체포를 시작하겠습니다.”

―치익, 전 병력, 작전을 시작한다.

이윽고 형사들과 경찰특공대 기동대가 블루문 본사의 정문을 뚫고 들어갔다.

콰앙!

“손들어! 경찰이다!”

“왔군!”

블루문에 기거하고 있던 조직원들은 경찰이 들어서자마자 권총을 난사해 댔다.

탕탕탕!

“크헉!”

“상대방이 권총을 난사한다!”

“전 병력, 은폐한 후에 대기하라!”

유주는 잠시 작전을 멈추고 저격수에게 그들을

지시했다.

"빌어먹을 자식들, 발포를 허가합니다!"

—예, 알겠습니다. 델타 원, 사격!

—입감.

경찰특공대 저격수 두 개 팀이 반대편 건물에서

발사하기 시작했다.

퉁퉁!

대인용 저격총의 7㎜ 탄환이 유리창을 뚫고 총탄을 쏘아대는 조직원들에게 날아가 적중했다.

서걱!

"크헉!"

—명중, 명중이다.

—열한 시 방향에 적 둘, 세 시에 둘 출현했다.

—입감.

저격수들은 엘리베이터를 타고 내려온 블루문 조직원들을 차례대로 사격했다.

퉁퉁퉁!

"커흑!"

—명중했다.

유주는 저격수들이 위험 요인들을 제거하자 기동대부터 앞으로 내보냈다.

"기동대, 돌입하세요!"

—알파팀, 돌입한다!

강화플라스틱 방패를 손에 든 기동대가 빠른 속도로 전진하기 시작했고, 후방 지원조가 소총으로 그 뒤를 엄호했다.

안성문은 유주에게 나머지 병력을 지하로 파견할 것을 권유했다.

"형사들과 기동대 일부를 지하주차장을 보내는 것이 좋겠어!"

"예, 선배! 그럼 선배가 지하를 맡아주십시오! 제가 이곳을 맡겠습니다!"

"알겠어!"

안성문이 형사 20명과 기동대 한 개 팀을 데리고 지하로 향하자, 유주가 인솔하는 팀이 엘리베이터 앞을 점거했다.

"먼저 엘리베이터 앞을 점거한 후 계단을 향해서 진격합니다."

"하지만 계단 위에도 역시 상황은 같을 것 같습니다만?"

"괜찮습니다. 우리는 할 수 있어요."

특공대는 하는 수 없이 그녀의 명령에 따르기로 한다.

"좋습니다. 검사님만 믿고 돌입하겠습니다."

"고맙습니다."

팀장을 따라서 비상계단으로 향하는 그들을 바라보며 유주는 속으로 기도하듯 읊조렸다.

'태하야, 꼭 인명 피해 없이 정리해 주기를 바라.'

* * *

블루문 그룹 총본부 내 총괄회장실.

부하들의 육탄 방어에 겹겹이 둘러싸인 이청문은 사설 헬기가 옥상에 도착하기만을 기다리고 있었다.

"제기랄, 양재기 그 개자식이 나를 배신하다니! 도무지 믿을 수가 없군!"

"사실 양재기 상무와 형수님께선 이미 오래전부터 내연관계였다고 합니다. 그러니 이번 배신은 어쩌면 처음부터 예견되어 있던 것인지도 모르지요."

"…빌어먹을! 두 연놈을 싸잡아 죽이겠다!"

사랑하는 연인과 오른팔처럼 여기던 충복의 배신은 그에게 적지 않은 충격으로 다가왔다.

하지만 그보다 더 열이 뻗치는 것은 자신이 이룬 제국이 하루아침에 무너졌다는 것이다.

"이 자리까지 내가 어떻게 왔는데……!"

변두리 양아치 집단이던 이청문의 만월파가 이곳까지 올

수 있었던 것은 그의 무던한 노력과 인간이기를 포기한 악행 덕분이었다.

그는 이곳까지 오는데 자신의 모든 것을 내던지고 스스로 악마를 자처한 것이다.

아마 그가 지금 무너진다면 한국의 주먹계는 또다시 혼란을 맞이하게 될 것이며, 그가 틀어쥐고 있던 사업권이 난립하여 더 이상 블루문은 재기할 수 없을 것이다.

"…반드시 죽이고 말 것이다!"

"진정하시지요. 러시아 쪽에 거처를 마련해 두었습니다. 지금 우리가 갖고 있는 비자금만 잘 빼돌려도 충분히 재기할 수 있습니다."

"그래, 반드시 재기할 것이다!"

화려한 컴백을 다짐하는 그에게 너무나도 뜻밖의 일이 벌어졌다.

우우우우우웅!

회장실 천장에서부터 구체가 빠르게 돌아가는 소리가 들리기 시작했다.

"이게 무슨 소리야?"

"헬기가 벌써 도착한 건가?"

"서, 설마……."

천장 안에서 들리던 그 소리는 점점 더 커져갔고, 결국 그

구체가 천장을 뚫고 나오기에 이르렀다.

그그그그그, 콰앙!

"허, 허억!"

"이게 무슨 개 같은 경우야!"

천장을 뚫고 나온 구체는 이내 회전을 멈추었고, 그 자리에는 검은색 복면을 쓴 두 명의 사내가 들어가 있다.

"이놈들, 이곳에 모여서 작당 모의를 하고 있었구나."

"머저리 같은 놈들 같으니."

한 사내는 은발에 흰색 가면을 쓰고 있고, 한 사내는 대낮에 새까만 색안경을 끼고 있다.

과연 저래서 앞이 보일까 싶은 두 사람이었지만 이청문은 그런 세세한 것까지 신경 쓸 겨를이 없었다.

"이, 이 새끼들 뭐야?"

"뭐긴, 네놈을 잡으러 온 암행어사지!"

두 사내는 회장실에 모여 있는 조직원들을 빠르게 해치워 나갔다.

파바바밧!

은발의 사내는 주머니에서 푸른색 검을 뽑아 들더니 이내 그것으로 조직원들을 사정없이 베어버렸다.

촤르륵!

"크허윽!"

"거, 검이 늘어나?"

그의 검이 스치는 길마다 마치 환영처럼 검이 길게 늘어났는데, 그 검의 환영은 실제로 사람을 베어 그림자에만 닿아도 죽을 정도였다.

그뿐만이 아니라 그 검은 자기 마음대로 길어졌다 줄어들었다 반복하면서 멀리 있는 사람도 손쉽게 벨 수가 있었다.

휘리리리릭, 촤라라락!

하지만 그것은 조직원들의 착각일 뿐, 검이 늘어나는 것이 아니라 수 십 개의 검이 겹쳤다가 앞으로 쏘아져 나가면서 만들어낸 착각 때문에 검신이 길게 늘어진 것으로 보인 것이다.

은발의 청년이 길게 늘어진 검을 사용했다면 검은색 색안경을 쓴 사내는 마치 그림자처럼 새까만 기류를 일으켜 사람들을 휘어감아 죽였다.

쿠그그그그그!

색안경 청년의 신영은 마치 물속의 피라미처럼 빠르게 지나다니면서 사람의 급소만을 베어나갔는데, 그 몸놀림이 어찌나 빠르면 마치 귀신을 보는 것 같았다.

덕분에 블루문의 조직원들은 그가 지옥에서 온 사신, 혹은 저승사자라고 생각했다.

"화, 황천에서 왔나?"

"반쯤은 맞는 소리군. 어차피 황천에 갈 테니!"

그의 검은색 칼이 스친 이들은 온몸이 꽝꽝 얼어서 죽으니 이것이야말로 귀신이 곡할 노릇이라 할 만했다.

두 청년은 사정없이 블루문의 조직원들을 베어버렸고, 불과 1분여 만에 한 방에 가득 차 있던 사람들이 모두 피범벅이 되었다.

그들의 피를 모두 다 뒤집어쓴 이청문은 그 자리에 서서 그만 할 말을 잃고 말았다.

"……."

"어이, 노친네. 그만큼 벌었으면 되었지 뭘 얼마나 더 벌겠다고 추태를 부리나?"

"사부님, 그냥 목을 쳐버리시지요."

"으음, 그러면 쓰나? 우리 검사들께서도 먹을거리가 있어야 할 것 아닌가?"

"하긴, 그건 그렇군요."

은발의 청년이 그에게 다가와 말했다.

"두 가지 선택지를 주겠다. 이곳에서 당장 죽을 테냐, 내가 원하는 것을 넘기고 검찰에 구속될 테냐?"

"…뭐라?"

"말 그대로다. 내가 원하는 것을 내어놓는다면 목숨만은 건질 수도 있을 것이다."

"……."

그는 손목의 시계를 바라보며 말했다.

"자, 앞으로 5초 주겠다. 그 안에 검찰이 들어서면 너는 그 자리에서 죽는 것이고, 만약 검찰이 오지 못해도 죽는다."

"……."

"하나…."

"둘, 셋, 넷……."

"아, 알겠다! 원하는 것을 말해라!"

"진즉 그럴 것이지."

은발의 사내는 그에게 손을 내밀며 물었다.

"네가 가지고 있을 국모회의 자료들을 전부 다 토해내라."

"…뭐라?"

"국모회 말이다. 네놈이 직속으로 모시는 의원이 있으니 잘 알 것 아니냐?"

그는 믿을 수 없다는 표정을 지었다.

"양재기가 네놈에게 그런 개소리까지 지껄였던가?"

"뭐, 지금 양재기는 혐의가 없다. 만약 혐의가 있다면 살인 혐의나 살인 교사 정도?"

"……."

"순순히 뱉는 것이 좋다. 양재기를 털어봐야 나오는 것은 그냥 윤곽을 읽어내는 정도더군. 게다가 벌써 죽어버린 김정문의 비자금 정도?"

사내는 그의 목덜미에 검을 밀어 넣었다.

푸욱.

"허, 허어어억!"

차가운 검이 그의 목덜미에 닿자, 그의 목을 타고 선혈이 흘러내기기 시작했다.

하지만 그 피는 이내 검신에서 차갑게 식어 차가운 얼음 덩어리가 되고 말았다.

"이 검에 찔리면 내 몸은 서서히 얼어붙어 죽게 된다. 보이나? 네 부하들이 죽은 형상이 말이다."

"……."

"선택해라. 죽을 것이냐, 살 것이냐?"

사내의 협박에 그는 어쩔 수 없이 입을 열고 말았다.

"…제주도에 있는 별장에 창고가 있다."

"주소는?"

그는 대답 대신 자신의 주머니에서 다이어리와 함께 열쇠 꾸러미를 하나 건넸다.

"이곳에 보면 주소가 나와 있다. 열쇠 꾸러미에는 그 주소에 대한 이름표가 일일이 붙어 있지."

"진즉 이렇게 나왔다면 검찰이 죽을 똥을 쌀 필요가 있었겠어? 차라리 자수를 했다면 이 많은 사람이 죽을 일이 없었을 것 아니냐?"

"……"

"아무튼 감옥에서 좋은 시간 보내기 바란다. 그럼 우린 이만……."

두 사람은 자신들이 온 구멍을 통하여 다시 빠져나갔다.

*　　*　　*

검찰청 두 개 부서의 공조로 시작된 체포 작전은 의문의 조력자들로 인해 일단락되었다.

하지만 검찰과 경찰은 이 사건에 조력한 사람들을 잡아야 한다는 새로운 숙제를 떠안게 되고 말았다.

"시체가 무려 열다섯 구, 보통 사건이 아니군."

"하지만 그래도 이놈 한 명은 건졌잖아요?"

"그렇긴 해도 이들 역시 체포 대상이었어. 이렇게 허무하게 죽어버릴 줄이야."

블루문이 지금껏 벌여온 사건들에 비하면 이 정도 사살은 정말 아무것도 아닐 정도였다.

그러나 법을 수호하는 검경의 입장에선 자경범죄라도 무겁게 다루어야 하는 것이 맞다.

안성문은 이청문에게 수갑을 채운 유주를 바라보며 말했다.

"이번 사건도 공조로 시작하는 것이 어때?"

"지금 벌어진 자경사건 말인가요?"

"그래, 이 사건 말이야. 아무래도 자네가 나를 서포트를 해 준다면 아주 좋겠는데 말이야."

"하지만 선배, 이 사건은 제 부서와 너무나도 동떨어져 있는데요?"

그는 고개를 가로저었다.

"생각해 봐. 이들이 만약 블루문 비자금 사건과 관련이 없었다면 이런 일을 벌였겠어? 안 그래?"

"흠……."

안성문은 수갑을 찬 이청문을 툭툭 치며 물었다.

"어이, 이청문 씨. 당신이 한번 말해봐. 이들이 이번 사건과 관련이 있지?"

"…모릅니다. 제가 그걸 어떻게 알겠습니까?"

"자꾸 이런 식으로 굴면 진짜 재미없어. 이번 사건과 관련이 있어, 없어?"

이청문은 고개를 가로저었다.

"정말 모릅니다. 저는 그냥 놈들이 천장을 뚫고 들어와 저와 제 조직원들을 싹 쓸어버렸다는 것밖에는 몰라요."

"……"

안성문은 그의 대답에 오만상을 했다.

"젠장, CCTV도 설치되어 있지 않아서 사실 여부를 확인하기도 어렵고, 정말 이 자식이 지껄이는 소리를 그대로 다 믿어야 하는 거잖아?"

"제 말이 사실입니다. 믿지 않고 말고의 문제가 아니란 말입니다."

"…시끄러워."

안성문은 유주에게 다시 한 번 공조 수사를 부탁했다.

"자네가 나를 좀 도와줘. 이 자경범죄를 일으킬 만한 사람이 있는지 알아봐 달라고. 응? 내가 이렇게 부탁할게."

"하지만……."

"이 자식, 내가 이렇게까지 도와주고 부탁하는데 모른 척하기야?"

그녀는 마지못해 고개를 끄덕였다.

"아, 알겠어요. 선배도 참, 이제부터 한창 바빠질 텐데……."

"하하! 별수 있냐? 이런 나를 데리고 온 네 잘못이지."

"……."

"가자고. 오늘은 한턱 시원하게 쏴야지?"

"좋습니다. 이놈만 검찰청으로 보내고 함께 가시죠."

두 사람은 서울지검으로 향했다.

*　　*　　*

제주도 서귀포시에 위치한 작은 감귤농장.

검은색 선글라스를 낀 우태가 태하를 태우고 농장 안으로 들어섰다.

부아아아앙!

화려한 운전 실력으로 이곳에 도착한 우태는 웃는 얼굴로 태하를 바라보았다.

"이젠 저도 제법이지요? 암사로 운전까지 가능한 것을 보면 말입니다."

"그래, 많이 발전했구나."

"헤헤, 요즘은 앞이 잘 보여서 아주 살 만합니다. 영화도 실컷 볼 수 있고 거리도 마음껏 활보할 수 있고요."

태하는 흐뭇한 얼굴로 그에게 말했다.

"잘하고 있다. 하지만 자만은 금물이다. 자고로 자만은 사람을 병들게 만드는 가장 나쁜 것이라고 했다."

"예, 사부님. 명심하겠습니다."

이윽고 두 사람은 감귤농장 안으로 들어섰다.

철컥!

이청문이 건네준 열쇠를 가지고 농장 안으로 들어선 태하는 이곳이 그의 임시 거처가 될 뻔했다는 것을 알 수 있었다.

아무도 살지 않는 농장 안에는 족히 3년은 버틸 만한 비상

식량과 부식재료가 가득했다.

"이 자식, 아주 작정을 했군."

"경찰에 잡히지 않으려면 어쩔 수 없었겠지요."

태하는 음식이 가득한 거실을 지나 창고가 있을 것으로 예상되는 2층 다락방으로 향했다.

끼익, 끼익.

다락방으로 향하는 길은 계단이 아주 오래되어 사람이 드나들지 않은 것으로 보였다.

"일부러 이런 자재를 쓴 건가?"

"그럴 수도 있겠습니다. 이렇게 하면 사람이 사는 것처럼 보이지 않을 테니까요."

"흠, 괴랄한 계획을 세우면서 사는 놈이군."

이윽고 태하는 창고가 있을 것으로 예상되는 다락방 안으로 들어섰다.

철컥!

다락방의 문을 연 태하는 이곳에 가득 차 있는 은색 수트케이스를 발견할 수 있었다.

"이게 다 뭐야?"

"007 가방 아닙니까?"

"그러게 말이야."

두 사람은 무공을 이용해 수트케이스를 억지로 열어보았다.

슈가가가가각!

딸깍!

그러자 그 안에 중국과 미국의 무기명채권이 무더기로 들어 있었다.

"허, 허억! 이게 다 얼마야?"

"…이 자식, 이곳에 도피 자금을 마련해 두고 있던 것이군."

"사부님, 어차피 이것은 주인이 없는 자금 아닙니까?"

"그래, 그렇다고 볼 수 있지."

"그놈, 아무래도 복덩이가 틀림이 없는 것 같습니다."

"이런 경우를 꿩 먹고 알 먹는다고 하는 모양이다."

운이 좋아도 유분수지, 이렇게 많은 무기명채권을 공으로 얻으니 기분이 묘해지는 태하이다.

"이것은 나중에 챙기고 자료부터 챙기자고."

"예, 알겠습니다."

태하는 이청문에게서 빼앗은 열쇠 꾸러미에서 금고에 맞는 것을 찾아냈다.

그리곤 그것을 조심스럽게 금고에 꽂아 넣었다.

끼릭, 끼릭.

"맞는군."

"자식, 목숨이 아깝긴 했던 모양입니다."

"그러게 말이야."

끼이익.

조금 곰삭은 듯한 금고의 경첩 소리에 태하는 고개를 갸웃거렸다.

"어라? 뭔가 상당히 오래된 것 같은데?"

"그러게 말입니다. 아니면 문에 뭔가 끼었나?"

바로 그때였다.

삐비비비빅.

"어, 어어?"

"…이런 빌어먹을."

금고의 문이 열리면서 경첩이 뭔가 스위치를 건드렸고, 그로 인해 타임워치가 작동된 것 같았다.

그런데 중요한 것은 그 타임워치가 0.5초에 불과하다는 점이었다.

"폭탄!"

"젠장!"

콰앙!

엄청난 화염이 두 사람을 덮쳤고, 제주도의 한적한 별장은 흔적도 없이 불길 안으로 사라져 버렸다.

* * *

메르베스 호텔 지하에 마련된 오친징에서 명화그룹 총회의가 열리고 있었다.

명화그룹은 18세기에 시작된 영국의 산업혁명을 타고 눈부신 발전을 거듭한 유서 깊은 기업이다.

이 기업은 영국이 미국에 식민지를 건설하던 당시, 뉴암스테르담 식민도시로 유입되어 정착민들과 함께 공장을 차렸다.

그리고 미국이 영국과 독립전쟁을 치르던 당시에는 가산을 모두 털어서 식민지를 독립시키는 자금으로 사용하였다.

이로써 명화그룹은 영국 왕실의 전범으로 지목되어 다시는 산업 기반을 둔 영국 땅을 밟지 못하게 되어버렸다.

영국의 기반을 버리고 미국 남부에 자리를 잡은 명화그룹은 19세기 중엽에 미국 남북전쟁의 군상으로 참전했다가 남부군에 편입되어 한 차례 고난을 겪는다.

내전에서 승리한 북부군이 미국을 장악하면서 그들은 자신들이 가지고 있던 산업 기반을 몽땅 잃어버렸고, 결국 그들은 밑바닥에서부터 다시 시작하는 삶을 살게 된 것이다.

명화그룹은 그렇게 암흑의 19세기를 보내고 난 후, 20세기에 다시 그들의 부를 되찾게 된다.

20세기의 미국은 고도의 성장을 이뤄내고 있었는데, 명화그룹은 18세기부터 쌓아온 토착 기반을 바탕으로 군수품 회사와 무역회사를 일으켜 세웠다.

1차 세계대전, 2차 세계대전, 한국전쟁, 베트남전 등을 두루 거치는 동안 그들은 베일에 가려져 있으면서도 상당히 부강한 회사로 거듭났다.

이들은 전 세계 여러 국가에 지사를 세우고 차명으로 자회사를 설립했는데, 20세기 중엽에 이르러선 영국 본토에 있던 옛 기반을 다시 되찾는 숙원 사업을 완수했다.

이 과정에서 과거 중공의 영토이던 윈난성에 독일계 회사로 알려져 있는 메르베스 그룹을 발족시켰다.

메르베스 그룹은 호텔, 관광, 영화, 만화, 게임 등 휴양과 취미생활에 특화된 기업 집단으로서 명화그룹의 제3자금줄로 사용되었다.

지금 오찬장이 마련된 이곳 역시 메르베스 가문의 이름으로 세워진 곳이지만 사실은 명화그룹이 비공식적 대주주이자 회장을 역임하는 호텔이다.

명화그룹은 그룹의 이름이 없던 시절에 '명화단'이라는 이름으로 활동했다.

이 이름으로 그들은 대만과 홍콩에도 영향력을 미쳤고, 지금은 미국과 영국, 중국, 대만, 홍콩을 아우르는 거대 단체로 성장했다.

현 명화그룹의 총수는 아직도 명화단주로 불리며 기업과 단체의 수장으로서 군림하고 있었다.

카퍼데일 플라워리는 40년째 명화그룹을 이끌고 있는 26대 명화단주로서 절대적 영향력을 행사하는 사람이다.

카퍼데일 회장은 다소 왜소한 체구에 백발이 무성한 노인이었지만, 그 작은 체구에서 뿜어져 나오는 위압감은 장내를 압도하고도 남을 정도였다.

그는 낮은 중저음의 목소리로 말했다.

"명화단의 사장이 암살을 당했다. 상상하기 싫은 일이 벌어지고 말았군."

"면목 없습니다!"

카퍼데일 회장은 조용히 눈을 감았다.

"…배후로 지목된 곳은 어디인가?"

"가장 유력한 후보는 역시 DMS그룹입니다."

"끈질긴 놈들이군. 여전히 눈엣가시처럼 굴고 있단 말인가?"

"조속히 처리하겠습니다."

DMS그룹은 명화그룹과는 벌써 300년도 넘는 악연을 이어오고 있는 기업 집단이다.

그들은 명화그룹과 같이 영국에서 출발한 기업으로서, 무기와 화약을 제조하던 총포상이다.

17세기의 영국 왕실에 총포를 조달하며 그 세력을 키운 DMS그룹은 미국 식민사업에 참여했다가 참해를 맛보게 된다.

이때부터 두 가문의 악연은 본격적으로 시작되었다고 할 수 있었다.

당시 미국의 토착민들과 손을 잡고 영국 세력들을 밀어내던 명화그룹과는 근본부터 원수지간이라고 할 수 있었다.

그 이후에는 DMS가 구소련의 군상으로 무기를 조달하게 되면서 서로 앙숙으로 대립하게 되는데, 지금도 그들은 명화그룹과 꽤 많은 분야에 적대적인 관계에 놓여 있었다.

DMS는 총 열 개의 가문이 똘똘 뭉쳐 만든 기업으로, 현재 그 수장으로 사천의 독고 가문이 정권을 잡고 있었다.

카퍼데일은 독고 가문의 소행이라는 의견에 힘을 실었다.

"그래, 독고가라면 이런 대담한 일을 벌이고도 남지."

"어떻게 할까요? 정식으로 사실을 확인해 볼까요?"

"그런다고 그들이 순순히 사실을 인정하겠는가?"

"그렇긴 하지만……."

"일단 이 일은 뚜렷한 대책이 나올 때까진 잠시 연기해 두는 것으로 하지."

"예, 회장님."

꽤나 무거운 분위기의 회의장, 이 어둠을 뚫고 한 사내가 문을 열고 들어섰다.

똑똑.

"회장님, 데이비드 플라워리 사장이 도착했습니다."

"데이비드가?"

이윽고 은발의 청년이 문을 열고 들어와 고개를 숙였다.

"조금 늦었습니다, 회장님."

"어디서 오는 길이기에 이리도 늦었단 말인가?"

"잠시 몇 가지 사실을 확인하고 오느라 늦었습니다."

"무슨 사실 말이냐?"

그는 몇 장의 사진을 그에게 건네며 말했다.

"천가고묘에 누군가 들어갔습니다. 그리고 천검진을 완성해 나갔지요."

"……!"

카퍼데일 회장은 떨리는 손으로 사진을 매만지며 말했다.

"…정말로 천검진이 완성되었더냐?"

"예, 그렇습니다. 제 두 눈으로 똑똑히 확인했습니다."

"천운이로군. 이럴 때 천검진이 깨어나다니 말이야."

카퍼데일 회장은 사진을 품속에 깊숙이 갈무리하며 물었다.

"천검진의 주인은 모셨느냐?"

"아직 접촉하지는 못했습니다. 하지만 조만간 만나게 될 겁니다."

"그렇군."

그는 카퍼데일 회장에게 깊이 고개를 숙이며 말했다.

"회장님의 오랜 숙원, 제가 반드시 이뤄드리겠습니다."

"…부탁한다."

카퍼데일 회장은 어느새 자신과 많이 닮아가는 데이비드의 손을 꼭 붙잡았다.

* * *

폭발사고가 일어난 서귀포 감귤농장 앞.

대한그룹 김태형 이사는 사설 경비업체를 동원하여 화재를 진압하고 있었다.

화르르르륵!

시청에는 오늘 이곳에서 지하 배관을 설치하는 폭파 작업을 실시한다고 고지하였기 때문에 소방관은 출동하지 않을 터였다.

그는 이미 잿더미로 변해 버린 감귤농장을 바라보며 말했다.

"안에 들어 있는 놈들은 어떻게 되었을까요?"

"아마 형체는 알아볼 수 있을 겁니다."

"쥐새끼 같은 놈들, 감히 우리의 뒤를 캐고 다녔단 말이지."

그는 최근 정명회에게 빼앗긴 아파린 투자신탁의 주식을 회수하기 위해 동분서주하고 있는 중이었다.

하지만 의문의 인물이 홀연히 나타나 아파린 투자신탁을 해체시키고 그 기반을 모두 흡수하여 버렸다.

그 때문에 그는 지금 빈털터리 신세로 전락하고 말았고, 결국엔 블루문을 통해 다시 세력을 키울 틈만 엿보고 있었다.

블루문에서 관리하고 있던 김정문의 재산을 자신이 가로채 기업을 세운 후 아파린 투자신탁을 다시 인수하겠다고 생각한 것이다.

하지만 그 계획은 아주 엉뚱한 곳에서부터 엇나가고 말았다.

의문의 인물들이 나타나 양재기를 납치하고 그를 빼돌려 관련 정보를 전부 다 앗아가 버린 것이다.

그리하여 그는 두 번째 기회마저 놓쳐 버렸고, 김태형은 발악하는 심정으로 이청문의 뒤를 추적해 다른 비자금 루트를 찾아냈다.

그런데 이상한 것은 그가 이청문의 정보를 털어내고 난 뒤 곧바로 이청문이 감옥에 들어가고 소지품 중에서 USB와 열쇠 꾸러미가 없어진 것이다.

그는 분명히 이청문의 감귤농장으로 누군가 자료를 빼돌리기 위해 올 것이라고 생각했고, 그에 알맞은 덫을 놓은 것이다.

그 결과, 정말로 누군가 덫에 걸려 사망하고 말았다.

"놈들을 잡아다 지문을 조회하십시오. 저런 좀도둑들은 어딘가 걸려도 걸릴 놈들이니."

"예, 알겠습니다."

김태형은 화재 현장을 벗어나기 위해 자신의 자가용에 올라탔다.

철컥.

"출발하지."

다소 피곤한 듯 차량 시트에 몸을 깊이 파묻은 그는 살며시 눈을 감았다.

하지만 바로 그때, 그의 목덜미로 서늘한 기운이 들어섰다.

스릉!

"허, 허억!"

화들짝 놀라 두 눈을 부릅뜬 그는 아연실색해 입을 쩍 벌리고 말았다.

"…김태형이, 이 형을 오랜만에 보는 기분이 어때?"

"태, 태하 형!"

"시베리아 한복판에 이 형을 떨어뜨리더니 이제는 폭탄 샤워까지 시켜주는구나. 참으로 대단한 동생이야. 사촌형을 두 번이나 죽이려고 하다니 말이야."

"……."

"고모와 고모부가 아버지를 눈엣가시처럼 여긴 것은 익히 알고 있었다만, 네가 이렇게까지 나올 줄은 꿈에도 몰랐어."

"혀, 형! 그, 그게 그러니까……."

김태형은 이내 태하의 주먹에 맞아 정신을 잃고 말았다.

퍼억!

"…끄으!"

"빌어먹을 자식, 이런 것도 동생이라고 챙겨준 내가 바보지."

검은색 선글라스를 뒤집어쓴 사내와 함께 두 사람은 유유히 제주도 국제공항으로 향했다.

외전. 귀신 소동

한반도 동부전선 지대.

휘이이이잉!

수피령을 타고 넘어온 한파가 화천을 시작으로 철원에 이르는 긴 구간을 휩쓸고 지나갔다.

태하는 전투 지원 중대 소대장으로 임관하여 6개월에 한 번씩 철원 지역 GOP에 투입하여 임무를 수행했다.

전투 지원 중대의 GOP 지역은 4.2인치 박격포의 포진과 포탄 창고가 위치해 있기 때문에 군사적 요충지로 꼽힌다. 또한 전방에서 수색하는 수색대대 병력이나 GOP에 주둔 중인 수색중대를 지원해야 하기 때문에 연대에선 이곳을 상당히 크게 신경 쓰고 있다.

그러나 근처에 군부대도 없고 민통선 안쪽에 있는 소초의 생활은 고단하면서도 상당히 지루하다.

이것이야말로 독립 소대만의 고충 중의 하나였다.

장교로 임관한 지 2년 4개월째, 태하는 오늘도 똑같은 일상을 보내고 있었다.

"필승! 소대장님, 경계근무 마치고 돌아왔습니다!"

"…그래, 이상 없었나?"

"예, 그렇습니다."

"수고했다."

그는 졸음을 이기기 위해 읽고 있던 법전을 책상 위에 가지런히 엎어두었다. 요즘 그는 사법고시와 CPA를 준비하는 중인데, 시간이 남을 때마다 이렇게 공부에 몰두했다.

태하는 K1기관단총과 K2소총을 든 경계근무 사수, 부사수의 복귀 보고를 받곤 담배를 한 개비 건넨다.

"한 대 피우고 들어가라. 복도가 좀 춥더라."

"감사합니다."

밤에는 환기가 되지 않아 내무실에서 담배를 피울 수가 없으니 복도나 화장실에서 피워야 하는데, 요즘과 같은 시기엔 담배를 피우기 참으로 괴로웠다. 아무리 바람을 막아준다곤 해도 찬바람이 다 뚫고 들어오기 때문에 병장이나 이등병이나 추워서 덜덜 떨기는 마찬가지였다.

태하는 병장과 이등병과 함께 담배에 불을 붙였다.

치익!

그는 병사들과 담배를 나누어 피우며 이야기꽃을 피웠다.

"요즘 그 돼지새끼들 크는 건 좀 어때?"

"무럭무럭 큽니다. 처음엔 강아지인 줄 알았는데, 지금은 덩치가 너무 커서 눈을 비비고 쳐다봐야 할 지경입니다."

"큭큭, 짬을 처먹어서 그래. 하여간 새끼들, 짬은 짬통에 잘 버리라고 몇 번을 말했건만."

"안 그래도 클 놈들은 다 큽니다. 이 동네 돼지나 고양이나 안 큰 놈들도 있습니까?"

"하긴."

요즘 얼마 전 멧돼지 새끼들이 본격적으로 밖으로 나돌아다니기 시작했는데, 상급 부대에선 수퇘지가 흥분하지 않도록 신경을 긁지 말라고 당부를 내렸다.

워낙 맷집이 좋은 수퇘지가 흥분하여 달려들면 탄창 하나를 다 소비해도 죽이지 못한다. 야간에도 머리에 바람구멍을 낼 수 있는 저격수라면 몰라도 대부분이 소총수나 기관총 사수인 수색중대에서 멧돼지를 한 방에 보낼 수 있을 리가 없었다.

얼마 전, 수색대대에서도 저녁 구보 중에 멧돼지를 만나서

한 병사가 봉변을 당한 일이 있었다. 그만큼 멧돼지는 지금 성질이 흉포하기 때문에 최대한 건드리지 않는 것이 상책이었다.

병장은 멧돼지 얘기에 이어서 또 다른 얘기를 꺼내 들었다.

"그나저나 소대장님, 그 얘기 들으셨습니까?"

"무슨 얘기?"

"취사장에 또 귀신이 나타났답니다."

"또? 그놈의 귀신은 정말 잊을 만하면 나타나는군."

"생각하면 생각할수록 이상합니다. 왜 하필이면 금요일 밤마다 귀신이 나타나는 겁니까?"

"그러게 말이다."

요즘 태하가 가장 깊이 고민하는 것은 다름 아닌 취사장 귀신이었다.

전투 지원 중대는 연대 직할부대이기 때문에 화천의 연대본부 아래에 주둔지를 두고 있다. 흑표소초라고 불리는 이 GOP 소초는 세 개 전포(박격포)소대가 돌아가면서 투입되는데, 중대본부에 상주하고 있던 취사병 한 명과 연대본부 수송대에서 운전병 다섯 명이 각각 파견된다.

취사병은 선임이든 후임이든 GOP 파견부대에서 한 명을 차출하여 3개월 동안 밥을 해야 한다.

취사 시설이라곤 거의 6.25 전쟁 수준이지만, 그래도 대략 30~40인분이면 끝나니 일이 힘들지는 않았다.

원래 보조 취사병 차출은 일과에서 제외되어 독립된 생활을 하며 하루에 세 번 시행되는 긴급방렬훈련, 즉 비사격 훈련에서도 제외된다.

이 긴급방렬훈련은 비상시에 대비하는 훈련으로, 평소에도 비상사태를 몸속에 깊이 각인시키는 중요한 훈련이다.

그래서 사격을 하지 않는 훈련임에도 불구하고 생활 도중에 모든 동작을 멈추고 달려나가야 하는 고충이 따른다.

한겨울에 샤워를 하다가도, 심지어 대변을 누다가도 달려나가야 하는 훈련에서 제외된다는 것이 얼마나 큰 메리트인가?

하지만 요즘 태하네 소대에선 이 보조 취사병 보직을 서로에게 떠넘기느라 바빴다.

최근 1년 동안 이곳 흑표소초 취사장에 귀신이 출몰한다는 소문이 도는 바람에 지원자가 한 명도 나서지 않은 것이다.

태하가 처음 임관해서부터 지금까지 흑표소초에는 계속해서 귀신이 출몰했고, 그 실체를 직접 보았다는 사람이 꽤 많았다. 귀신이 얼마나 빈번하게 출몰하면 연대본부 무전병이 지나가던 길에 목격할 정도였다.

알파소대, 즉 태하가 이끄는 1소대의 분대장 이성민은 태하에게 사태의 심각성에 대해 토로했다.

"소대장님, 이러다간 정말 지원자가 없어서 밥도 못 해먹게 생겼습니다."

“…이 자식들이 지금 장난하나? 그깟 귀신 무서워서 밥도 못하면 GOP에는 어떻게 들어왔어?”

“북한군은 때려잡으면 된다고 쳐도 귀신은 사람이 어떻게 할 수가 없지 않습니까?”

“휴우, 살다 보니 귀신이 문제가 되는 경우도 있군.”

“아시다시피 일병들은 일하느라 바쁘고, 상병들은 훈련하느라 바쁘고, 병장들은 근무를 서느라 바쁩니다. 그렇다고 이등병을 보낼 수도 없는 노릇이니 이걸 정말 어떻게 해야 합니까?”

“거참, 어렵게 되었군그래.”

“요즘 포진 정리다 포창 정리다 해서 바빠서 난리인데 귀신까지 나오니 아주 제가 딱 죽겠습니다.”

독립 소대를 운영한다는 것은 이래서 정말 힘들었다.

제한된 병력을 가지고 한 개의 구역을 아우르면서 수색도 하고 경계도 하며 사격 지원도 해주어야 한다. 도대체 이런 전술은 누가 짠 것인지 몰라도 때때론 그 사람을 쥐어 패주고 싶을 정도이다.

‘제기랄, 이럴 것이라면 차라리 중대 자체를 전방으로 보내놓던지. 이게 혼자 뭐 하는 짓이야?’

일이야 어찌 되었건 이 사태를 가만히 좌시할 수는 없는 노릇이다. 그는 없는 인원을 쪼개어 특단의 조치를 내리기로 했다.

*　　*　　*

다음날, 태하는 수색대대를 지원하는 사격 대기에 나간 인원과 상황실 대기 인원, 그리고 경계근무에 나선 인원들을 남기고 모든 인원들을 소집했다.

부소대장과 선임 분대장을 포함한 모든 소대원이 눈을 끔뻑이며 태하를 바라보았다.

"다 모였습니다. 무슨 할 말씀이라도 있으십니까?"

"그래, 할 말이 있어서 모이라고 했다."

태하는 소대원들 앞에 화이트보드를 놓고 자신이 밤을 새워 내린 결론에 대해 설명했다.

"우리는 지금 귀신이라는 아주 어처구니없고도 말도 안 되는 놈 때문에 곤란을 겪고 있다. 이 중에서 귀신을 본 사람 거수한다."

"…상병 김종문."

"이병 이태관!"

"하사 유지환."

"부, 부소대장까지?"

"면목 없습니다."

태하는 고개를 가로저었다.

"아니, 그럴 수도 있지. 귀신이 어디 계급 가리고 나타나던가?"

"…이해해 주셔서 감사합니다."

"아무튼 귀신을 본 사람이 꽤 되는군. 모두들 그 귀신이 어떻게 생겼는지 기억하나?"

"예, 그렇습니다."

그는 세 사람을 앞으로 불러 화이트보드에 특이 사항을 적도록 지시했다.

"귀신에 대해 최대한 자세히 묘사해라. 글로 쓰던 그림으로 그리던 상관없어."

"알겠습니다."

슥슥슥.

세 사람은 각기 귀신에 대해 서술하고 그림까지 그렸는데, 놀랍게도 그 특징들이 소름 끼칠 정도로 정확히 일치했다.

"우선은 흰색 원피스에 긴 생머리, 거기에 신발은 신지 않았다는 것이군."

"…그렇습니다."

"입으론 뭔가 시퍼런 물건을 질겅질겅 씹고 있고?"

"예, 그렇습니다."

태하는 특이 사항들을 자세히 정리해서 화이트보드에 정리했다. 그리고 소대에서 그림을 가장 잘 그리는 병사를 불러냈다.

"배수규."

"상병 배수규!"

"이 귀신의 형태를 아주 자세히 묘사해서 그려봐."

"귀, 귀신을 말입니까?"

"어렵나?"

"아, 아닙니다. 귀신 하나 그리는 것이 뭐가 어렵겠습니까?"

그는 사단본부에서 포스터 작화에 초대하여 본부 여장교들과 함께 공동작업을 시킬 정도로 그림 실력이 뛰어났다. 또한 대학에서 시각디자인을 전공하고 고등학교 때엔 사생대회를 비롯한 각종 그림대회에서 대상을 휩쓴 경력이 있었다.

그런 그에게 귀신을 그리는 일쯤은 식은 죽 먹기였다. 하지만 그림을 그리는 스스로가 소름이 끼쳐서 조금 꺼린 것뿐이다.

이따금 몸을 움찔거리며 그림을 그려나가던 그가 이내 손을 멈추었다.

"…다 그렸습니다."

"으음, 좋아. 아주 잘했다."

그는 귀신을 아주 자세하고 면밀하게 묘사했기 때문에 그림을 바라보는 것만으로도 모골이 송연해질 지경이다.

태하는 이 그림을 손가락으로 가리키며 말했다.

"앞으로 우리는 탄약고와 위병소 경계근무, 또한 불침번을 총동원하여 한 시간에 한 번씩 귀신 수색에 나선다."

"……!"

흑표소초는 숲 속의 오솔길과 연결된 작은 위병소를 갖고 있는데, 이곳을 통과하면 소대의 인원들이 체육활동이나 조포 훈련에 임할 수 있는 소형 연병장이 나온다.

그리고 주둔지 4면에는 각기 네 개의 포진이 설치되어 있고, 그곳에는 상설포 창고가 위치해 있다. 또한 소대에서 경계근무나 작전에 사용되는 탄환과 포탄, 수류탄 등이 적재된 창고가 병영 뒤에 위치하고 있었다. 그 밖에도 취사장, 수공구창고, 다용도창고, 자동차 부품창고 등이 작은 형태로 포진되어 있었다.

이 중에서 소대 인원이 두 명씩 한 개 조를 이뤄 경계하는 곳은 탄약고와 위병소이다. 이곳들은 전부 인터폰으로 유선망을 구축하고 각각 96K 소형무전기를 휴대하여 연락을 취했다. 그 밖에 상황실에서 전방의 상황을 기록하는 상황실 근무와 간부 당직 근무가 있는데, 상황실 근무자가 서로 교대하면서 불침번을 함께 서는 형식이다.

태하는 이 경계근무 인원들의 근무 시간을 10분 단축하는 대신 주둔지를 한 바퀴 돌려 귀신 수색에 동원하기로 한 것이다.

"부소대장, 선임분대장."

"예, 소대장님."

"당분간 우리는 상황실을 지키다가 부관에게 10분간 임무를 일임시키고 수색작전에 동참한다. 알겠나?"

"아, 알겠습니다."

“상황실 근무자 한 명을 제외한 모든 근무자는 한 시간에 한 번 주둔지 중앙으로 모여 함께 수색한다. 알겠나?”

“예, 알겠습니다.”

태하는 이번에야말로 이 귀신의 정체를 밝히고야 말겠노라 다짐했다.

* * *

늦은 새벽, 태하는 상황실 근무자 두 명과 함께 소대본부 작전상황실에 앉아 있었다.

“쓰읍, 후우!”

그는 불빛이 보이지 않는 곳에서는 담배를 피우는데 거리낌이 없기 때문에 매번 줄담배를 피워대곤 한다.

오늘도 상황실에 앉아 담배를 연달아 피우고 있던 그는 불현듯 날아든 인터폰 소리를 들었다.

따르르르르릉!

“상황실이다!”

—소초장님, 탄약고입니다!

“무슨 일인가?”

—뒷산 중턱에서 불빛이 반짝였습니다!

“뭐, 뭐라!”

순간 태하는 자리에서 벌떡 일어나 상황실 근무자들에게 말했다.

"내 총! 그리고 장구류를 준비해!"

"예, 알겠습니다!"

그는 소대본부 하단에 있는 탄약통에서 여섯 개의 탄창을 꺼내어 봉인을 뜯어냈다.

이것은 소대본부에서 비상시에 사용하도록 된 탄약으로, 비상사태엔 탄약고까지 진격하기 위해 마련되어 있다.

태하는 상황 근무자 중 한 명에게 탄창 세 개와 수류탄을 건넸다.

"무장해!"

"예, 알겠습니다!"

귀신이 나타난 것도 문제이지만 GOP 지대에서 불빛이 보였다는 것 자체가 상당한 문제였다.

그는 부소대장을 포함한 모든 인원을 자리에서 깨웠다.

"비상! 지금 뒷산에서 불빛이 내려왔다고 한다! 전부 전투복으로 환복하고 단독 군장 상태로 대기한다! 부소대장은 30발들이 탄창을 하나씩 불출하고 비상시엔 탄약고로 출동할 수 있도록!"

"예, 알겠습니다!"

저 수상한 불빛이 귀신에 의한 것인지, 적군에 의한 것인지 알 수는 없으나 어느 상황이건 간에 분명 비상사태였다. 민통선 안에서 불빛이 보였다는 것은 있을 수 없는 상황인 것이다.

태하는 빠른 속도로 탄약고를 향해 달렸고, 무전기를 통해 각 지역의 상황을 전달 받았다.

—치익, 소대장님! 위병소 이상 없습니다!

"좋아, 그대로 대기한다!"

이윽고 도착한 탄약고 앞은 이미 산의 사면을 경계로 대치 상황을 만들어놓고 있었다.

그는 철을 구부려 만든 똑딱이로 신호를 보냈다.

똑딱, 똑딱!

"번개!"

"담배!"

암구호를 서로를 확인한 태하와 병사들은 긴장된 표정으로 산비탈을 바라보았다.

"불빛이 내려온 지점이 어디인가?"

"열두 시 방향 고목나무 앞입니다!"

"제기랄, 저 앞은 지뢰 지대로 넘어가는 길목인데 도대체 누가 불빛을 보냈다는 거야?"

이 근방은 길이 아닌 지역은 전부 지뢰가 매설되어 있기 때문에 하루에도 몇 번씩 동물들이 밟은 지뢰 폭발음이 들렸다.

그런 곳에서 사람이 내려왔다는 것은 전혀 말도 안 되는 일이었다.

"소대장님, 어떻게 합니까?"

"일단 주변을 수색하고 움직임이 포착되면 긴급 방렬이다! 조명탄을 쏴서 놈을 잡을 것이다!"

"예, 알겠습니다!"

태하는 병사 세 명과 함께 천천히 불빛이 내려온 지역으로 다가갔다. 어둠을 타고 산비탈을 오르는 것이 쉬운 일은 아니었으나 극도의 긴장감이 함께하니 오히려 실수가 없었다.

서서히 어둠 속에서 산비탈 북쪽 고목나무가 모습을 드러냈다.

바로 그때, 태하의 귀에 뭔가 이채로운 소리가 들린다.

바스락!

"누구냐? 손들어! 움직이면 쏜다!"

"…제기랄!"

놀랍게도 그곳에는 정말 사람이 있었고, 태하는 움직인 곳을 향해 냅다 총을 후려갈겼다.

탕탕탕!

그를 따라서 병사들 역시 총을 발사했는데, 첫 탄이 예광탄이라서 주변에 환하게 밝아졌다.

그러자 태하의 탄환에 어깨를 맞은 인민군 병사가 보였다.

"으윽!"

"인민군이다! 본부, 본부! 비상사태다! 하나포와 둘포는 포진에 위치하고 지휘부는 탄환을 지급하라! 나머지 삼포와 넷포는 지금 당장 탄약고를 점령하고 수색에 동참한다!"

—입감!

위이이이잉!

소초에서 발령한 비상 사이렌이 울림과 동시에 포진으로 1분 안에 모든 병력이 위치하여 조명탄을 준비했다. 그리고 태하의 뒤로 열두 명의 병사가 중무장한 상태로 집결했다.

—하나포, 둘포 발사 준비 끝!

"좋아, 지금부터 종심수색작전을 실시한다! 알파와 델타 지점으로 조명탄을 발사하고 추후에 발견되는 지점으로 포탄을 발사한다!"

—양호!

"하나포, 둘포, 조명탄 발사!"

잠시 후, 포진에서 거의 직각으로 조명탄을 발사했다.

퍼엉!

그러자 흑표소초 전방 수색 지점이 모두 환하게 밝아졌다.

그러자 대략 20미터 전방에 숨어 있던 인민군 병사가 화들짝 놀라 위병소 쪽으로 도주하기 시작했다.

"위병소! 인민군이 도망간다! 보이는 즉시 사격하라!"

—양호!

단 한 번도 실전 경험이 없는 병사들이 과연 인민군을 사격할 수 있을지는 의문이지만 태하는 병사들을 믿어보기로 했다.

“우리는 지금 당장 포위 진영을 펼쳐 놈을 잡는다!”

“예, 알겠습니다!”

태하는 곧이어 산비탈을 내려가며 조명탄 계속사격을 명령했다.

“조명탄, 연속사로 전환하라!”

—양호! 전포, 연속사 준비!

—하나포, 둘포, 사격 준비 끝!

—발사!

펑펑!

최대 발사 속도로 주변을 수놓은 조명탄으로 인해 소대원은 피아 식별이 가능해졌고, 위병소에선 인민군을 향한 사격을 실시했다.

탕탕탕탕!

하지만 워낙 움직임이 빠른 인민군 병사라서 위병소에선 그를 제대로 맞추지 못했다.

—명중에 실패했습니다! 하지만 목표물이 위병소와 탄약고 사이에 고립된 것 같습니다!

“좋아, 거의 다 잡았어!”

태하는 재빨리 그에게 다가가 외쳤다.

"손들어! 움직이면 쏜다!"

"…내래 귀순하려고 내려왔시요! 제발 살려주시라요!"

수많은 병사들이 그를 조준하고 있는 가운데 태하가 포승줄을 꺼내어 그를 체포했다.

퍼억!

"크윽!"

"적진에 들어왔으면 귀순이고 나발이고 포박해야 한다. 알고 있나?"

"알고 있시요."

태하는 전투복의 옷깃을 올려 그의 인권을 보호해 주는 한편, 손과 발을 모두 다 쓰지 못하도록 철저히 포박했다.

휘리리릭!

그리곤 병사들과 함께 그를 들고 내무실로 향했다.

"경계조 열 명을 편성한다! 나머지 병사들은 추가 침투조가 있는지 확인하라!"

"예, 알겠습니다!"

귀신을 잡으려다 인민군을 잡긴 했지만, 어찌 되었건 뭔가를 잡긴 잡은 하루였다.

*　　*　　*

늦은 밤, 태하는 문득 을씨년스러운 바람을 느꼈다.

휘이이이잉!

그는 갑자기 모골이 송연해지면서 인민군을 잡던 장교 시절이 떠올랐다.

"…까마득하군. 도대체 그때가 언제야?"

인민군을 체포한 공으로 1계급 특진의 영애를 안은 태하는 그 당시 대위로 전역했다.

그래서 3년의 의무 복무 기간만 채우고 제대한 동기들 중에서 태하는 유일하게 예비역 대위였다.

그는 실소를 흘렸다.

"귀신, 그놈의 귀신."

어쩐지 오늘은 그때의 황당한 추억이 자꾸 떠오르는지 모르겠다.

태하는 귀신의 추억을 안주 삼아서 홀로 술을 넘겼다.

『도시 무왕 연대기』 6권에 계속…